Der Zauber eines Augenblicks

Katrin Lankers

Der Zauber eines Augenblicks

Planet Girl

1

»Dachte ich es mir doch, dass ich dich im Stall finden würde.« Michels feuerroter Schopf tauchte hinter Parzivals breitem Rücken auf, seine grünen Augen funkelten Johanna schelmisch an. Johanna fuhr erschrocken vom Boden hoch, wo sie gekniet und Parzivals rechten hinteren Huf gesäubert hatte.

»Musst du dich immer so anschleichen«, fauchte sie den Stallknecht an. Eine Handvoll Stroh flog über Parzival hinweg und landete in Michels Haaren.

»Ich kann wohl kaum etwas dafür, dass du auf beiden Ohren taub wirst, wenn du bei den Pferden bist«, gab der Gescholtene unbeeindruckt zurück. »Der Hausdrachen sucht nach dir und ich nahm an, dass du sicher lieber von mir im Stall gefunden wirst als von ihr.«

Johanna konnte ein Lächeln nicht unterdrücken. Aber so schnell wollte sie Michel nicht vergeben. »Du solltest meiner Tante etwas mehr Respekt erweisen«, ermahnte sie ihn.

»Ich sage nur, was du denkst.« Dieses Mal duckte Michel sich schnell genug hinter Parzivals Rücken und die Ladung Stroh flog über ihn hinweg. Der Hengst hatte sich bis dahin aus der Streiterei herausgehalten, doch nun schnaubte er, als wolle er dem Gezänk ein Ende setzen.

»Ist ja gut, mein Schöner.« Beruhigend strich Johanna ihm über den glänzenden Hals. Parzival sah dank Johannas hingebungsvoller Pflege stets aus, als sei er für seinen großen Auftritt bei einem Ritterturnier vorbereitet. Selbst wenn er nur daheim auf Burg Eckstein im Gestüt stand und auf sein Futter wartete. Auch jetzt griff sie wieder zur Bürste und strich dem Pferd damit über die Flanke.

»Und willst du gar nicht wissen, weshalb Frau Gerdrud nach dir sucht?«, fragte Michel, wobei er den Namen von Johannas Tante besonders betonte.

»Was soll Gerdrud schon von mir wollen?«, antwortete Johanna gelangweilt. »Dass ich an meinem Teppich mit dem Bild des Heiligen Georg im Kampf gegen den Drachen weiterarbeite? Obgleich dank meiner bedauernswerten Stickkünste schwer zu erkennen ist, welche der Figuren Georg und welche den Drachen darstellt. Vielleicht soll ich aber auch ein Lied auf der Harfe einstudieren? Ich freue mich schon auf den gequälten Ausdruck auf Vater Aloisius' Gesicht, wenn ich es nach dem Abendessen zum Besten gebe. Oder sie will mich an die Pflichten einer Burgherrin erinnern und mir irgendetwas Wichtiges über Haushaltsführung beibringen.«

»Unsinn«, unterbrach Michel Johannas Redefluss, als sie kurz Luft holte. »Deine Tante möchte, dass du in die Burg hinaufkommst, um deine Brüder zu begrüßen. Herman und Peter sind eben eingetroffen.«

»Was sagst du?« Johanna ließ augenblicklich die Bürste ins Stroh fallen und tauchte unter Parzivals Hals hindurch. »Und das verrätst du mir erst jetzt? Du Fiesling!« Mit beiden Händen raffte sie ihr bodenlanges Kleid und stürmte aus dem Stall, ohne Michel noch eines Blickes zu würdigen. Der schaute ihr belustigt hinterher und tätschelte Parzival beiläufig den Rücken.

»Weg ist sie«, sagte er zu dem Pferd, »und lässt uns einfach stehen.« Parzival schnaubte zustimmend.

So schnell sie konnte, rannte Johanna den schmalen Fußweg hinauf zur Burg. Eigentlich war es eher ein Trampelpfad, der sich zwischen den Bäumen hindurchschlängelte. Die Bewohner der Burg nutzten ihn als Abkürzung zu den Stallungen. Der breitere Karrenweg, der in langen Kehren den Hügel hinunter und am Gestüt vorbei ins Dorf verlief, wäre bequemer gewesen, hätte aber einen Umweg bedeutet. Und Johanna wollte keine Zeit verlieren.

Vor einem Dreivierteljahr hatte sie ihre beiden älteren Brüder zum letzten Mal gesehen. Zum Neujahrsfest waren Hermann und Peter nach Eckstein gekommen. Beide lebten am Hof von Graf Engelbert, Peter als Knappe, Herman war mittlerweile als Ritter in den Dienst des Grafen getreten. Als er im Frühjahr am Tag des Heiligen Georg den Ritterschlag erhalten hatte, wäre Johanna zu gern dabei gewesen. Doch es war Fohlzeit und da sei er unabkömmlich, hatte ihr Vater erklärt. Johanna wusste, dass das nur eine gute Entschuldigung gewesen war, um dem Hof des Grafen fernbleiben zu können. Ihr Vater hatte für das höfische Leben wenig übrig. Sie konnte es ihm nicht verübeln, denn ihr ging es im Grunde genauso. Trotzdem. Für Herman hätte sie eine Ausnahme gemacht.

Ungeduldig warf Johanna einen Blick durch das dichte Blattwerk der Bäume hinauf zur Burg. Im Jahre des Herrn 1305, also vor genau fünfzig Jahren, hatte der damalige Graf ihrem Großvater die kleine Festung und das umliegende Land als Lehen gegeben. Seither gehörte Eckstein ihrer Familie. In diesen Mauern war Johanna vor etwas mehr als vierzehn Jahren zur Welt gekommen. Die Burg, über deren Zinnen sich der trutzige Bergfried erhob, war ihr Zuhause. Sie kannte kein anderes. Und sie wollte kein anderes.

Allerdings hätte sie gerade jetzt viel darum gegeben, wenn dieses Zuhause nicht auf einem Hügel liegen würde. Der Weg stieg steil an und kam ihr endlos vor, obwohl sie wusste, dass sie nicht lange brauchen würde, wenn sie sich beeilte. Und das tat sie ja. Zumindest versuchte sie es. Doch ständig verfing sich ihr Kleid in Zweigen oder Gestrüpp, das auf den Weg wucherte. »Verdammte Kotte!«, schimpfte sie und hatte sogleich Gerdruds mahnende Stimme im Ohr: »Es gehört sich nicht für eine Dame, so schändlich zu fluchen.« Jaja, dachte sie und zog Über- und Unterkleid noch ein Stück höher. Nun waren nicht nur ihre ledernen Stiefelchen, sondern auch ihre nackten Unterschenkel entblößt. Ebenfalls wenig damenhaft, aber praktischer.

Endlich ließ Johanna die letzten Bäume hinter sich. Die Kuppe des Hügels war kahl geschlagen, um die Burg besser verteidigen zu können. Nur noch ein kurzes Stück, dann erreichte sie die Burgmauer. Erschöpft stützte sie sich mit einer Hand an den dicken, rauen Steinen ab und sog gierig Luft in ihre Lungen. Als sie wieder zu Atem gekommen war, eilte sie weiter an der breiten Mauer entlang und gelangte auf der gegenüberliegenden Seite zum Tor. Das schwere hölzerne Fallgitter war hochgezogen, die Wache lehnte gelangweilt an der Mauer und nickte Johanna zu, als sie durch den Torbogen lief. Sie erwiderte den Gruß, ohne stehen zu bleiben.

In der Mitte des Burghofs ragte der Bergfried auf, der dank seiner Größe und seiner massigen Form den ganzen Platz beherrschte. Zum höher gelegenen Eingang führte eine Holzleiter, die sich im Fall eines Angriffs schnell auf die Burg hochziehen ließ. Erlebt hatte Johanna das zum Glück noch nie. Linker Hand stand der Palas, in dem ihre Familie wohnte. Auch hier lag die Tür im ersten Geschoss und eine schmale, befestigte Holztreppe führte hinauf. Direkt neben dem Wohngebäude befand sich das Küchenhaus. Johanna wandte den Kopf nach rechts, wo sich die strohgedeckten Gesindehäuser an die Burgmauer schmiegten. Zwei Mägde saßen davor auf einer Bank, jede rupfte ein Huhn. Im Gemüsegarten hockte eine junge Küchenmagd in den Beeten, zupfte Blätter von der Petersilie und sammelte sie in ihren aufgespannten Rock.

Zwei Jungen jagten einander über den Hof, wobei sie die Hühner aufschreckten, die neben dem Brunnen im Sand pickten. Metallenes Klirren von Schwert gegen Schwert ließ Johanna vermuten, dass die Männer der Wache auf dem freien Platz hinter dem Burgturm mit ihren Waffenübungen beschäftigt waren. Gleich neben dem Tor befand sich der kleine Stall, in dem die Reitpferde untergebracht waren. Gerade führte ein Stallbursche zwei besonders schöne Tiere hinein, sie trugen noch ihre Sättel und ihr Fell glänzte verschwitzt. Johanna erkannte, dass es sich um die Pferde ihrer beiden Brüder handelte. Nur Herman und Peter konnte sie nirgends entdecken.

»He, Jost, wo stecken meine Brüder?«, rief sie dem Stallknecht zu.

Der Gerufene deutete mit dem Kinn in Richtung Palas. »Sind schon reingegangen. Waren durstig von dem langen Ritt.«

Johanna wandte sich um und rannte die Treppe hinauf.

Die große Halle war leer, nur zwei Hunde räkelten sich faul im Bodenstroh. Niemand saß um diese Zeit am Nachmittag an den langen Tischen, an denen sich zu den Mahlzeiten die Burgbewohner versammelten. Die Teppiche an den Wänden zeigten Motive aus den bekannten Rittergeschichten. Der Ruß der Fackeln und des Feuers, das im Winter in dem großen Kamin prasselte, hatte die Stickereien grau gefärbt, sodass manche Bilder kaum noch zu erkennen waren. Jetzt, Anfang September, brauchte man kein Feuer, und auch die Fensterläden, die in den Wintermonaten gegen die Kälte fest verschlossen blieben, standen offen. Staubkörner tanzten in den Sonnenstrahlen, die durch die schmalen Öffnungen hereinfielen.

Schnell durchquerte Johanna die Halle und hastete die Wendeltreppe zu den Wohngemächern hinauf. Die letzten beiden Stufen nahm sie mit einem großen Schritt, bog schwungvoll auf den Gang ein und wäre beinahe mit ihrer Tante zusammengestoßen.

Gerdrud schnalzte deutlich vernehmbar mit der Zunge, um ihrer Missbilligung Ausdruck zu verleihen. »Johanna, solch ungestümes Verhalten geziemt sich nicht.« Die Tante war eine Respekt einflößende Erscheinung. Sie trug ein schlichtes, aber gut gearbeitetes schwarzes Kleid, das sie mit einer Hand geschickt raffte. An ihrem Gürtel hing der schwere Schlüsselbund, den sie als Burgherrin immer bei sich trug. Ein langes weißes Tuch, den Wimpel, hatte sie so um den Kopf geschlungen, dass Haare und Hals bedeckt waren. Wie immer hielt sie sich kerzengerade und schaute streng.

Johanna ließ sich nicht einschüchtern. »Ich wollte nur Eurem Wunsch entsprechen und so schnell wie möglich meine Brüder begrüßen.«

Gerdrud zog ihre schmalen Augenbrauen fast unmerklich zusammen und schien zu einer weiteren Ermahnung anzusetzen, beließ es dann aber dabei. »Herman und Peter sind in der Gästekammer.« Sie deutete auf die Tür am Ende des Ganges. Johanna drängte sich an ihr vorbei. Gerdrud schüttelte ungehalten den Kopf.

Ohne anzuklopfen, stieß Johanna die Tür zur Kammer auf. »Herman. Peter. Wie schön, dass ihr da seid.« Sie warf Peter, der näher bei der Tür stand, beide Arme um den Hals. Dann wirbelte sie zu Herman herum und begrüßte ihn nicht minder stürmisch.

»Langsam, langsam, junges Fräulein.« Ihr ältester Bruder lachte und schob Johanna sanft von sich weg, hielt sie aber mit seinen beiden Händen an den Oberarmen weiter fest. »Du erdrückst mich ja beinahe.«

»Ha, als ob eine schwache Frau wie ich einen Ritter wie dich erdrücken könnte.« Johanna lachte ebenfalls. Sie war sehr stolz auf ihren Bruder. »Warum seid ihr schon da? Wir hatten nicht vor morgen mit eurer Ankunft gerechnet.«

»Der Graf konnte uns einen Tag eher entbehren«, erklärte Herman. »Und die Gelegenheit, euch alle früher wiederzusehen, wollten wir uns nicht entgehen lassen.«

»Da habt ihr aber Pech. Vater ist heute Morgen ins Dorf geritten. Er wird wohl kaum vor dem Abend wieder hier sein. Und Ulrich wird nicht aus dem Kloster kommen, um uns zum Pferdemarkt zu begleiten.«

»Umso schöner, dass du es geschafft hast, dich von den Pferden loszureißen, um deine Brüder zu begrüßen«, gab Herman zurück. Er lächelte, aber Johanna meinte eine Spur von Tadel in seinen Worten zu hören. Plötzlich fühlte sie sich unsicher und wollte sich aus seinem Griff winden. Doch Herman gab sie nicht frei. »Nun lass dich erst einmal ansehen, kleine Schwester.« Er betrachtete sie von oben bis unten. »Mir scheint, du bist noch gewachsen, seit wir uns das letzte Mal getroffen haben.«

Tatsächlich war Johanna hoch aufgeschossen wie ihre drei Brüder. Ihr Vater war von großem Wuchs und alle vier Kinder glichen ihm darin. Doch anders als die beiden älteren Brüder, die wie der Vater kräftig gebaut waren, waren Johanna und ihr Zwillingsbruder Ulrich so schlank und feingliedrig, wie ihre Mutter es gewesen war. Auch die kastanienbraunen Haare hatte Johanna von der Mutter geerbt, die Brüder hingegen hatten alle das blonde Haar ihres Vaters.

»Aber ansonsten hast du dich kein bisschen verändert«, fügte Peter hinzu.

»Das stimmt wohl«, mischte Herman sich wieder ein. »Du trägst ein altes Kleid und deine Haare sind zerzaust – das kann nur unsere Johanna sein.«

Endlich lockerte er seinen Griff und sie machte sich los. Betreten schaute sie an sich hinunter. Sie hatte ein Kleid angelegt, das sie meistens trug, wenn sie zu den Pferden ging. Es war aus einem leichten, aber robusten Wollstoff, und das Blau, das einmal geleuchtet hatte, war ein wenig verblasst. Die Ärmel waren etwas zu weit geschnitten, um elegant zu sein, aber so ließen sie sich besser hochschieben und waren ihr bei der Pflege der Pferde nicht im Weg. Und der Saum war schmutzig, das ließ sich kaum vermeiden, denn die langen Kleider schleiften nun einmal über den Boden. Ansonsten konnte Johanna nicht verstehen, was Herman an ihrer Erscheinung auszusetzen hatte. Nun war sie wirklich verunsichert. Solche Worte kannte sie von ihrem Bruder gar nicht.

»So habe ich es nicht gemeint«, versuchte Peter zu vermitteln, doch Herman war noch nicht fertig.

»Wann haben deine Haare wohl das letzte Mal einen Kamm gesehen?«, fragte er und zupfte mit spitzen Fingern einen Strohhalm aus Johannas Locken, die ihr offen bis zur Hüfte über den Rücken fielen. »Nun, vielleicht gelingt es mit unserem Geschenk, diese Pracht in Form zu bringen.«

»Ein Geschenk?« Johanna hatte den Tadel sogleich vergessen. Sie liebte Überraschungen! »Was ist es?« Suchend sah sie sich im Zimmer um. An der Wand gegenüber der Tür standen zwei Betten, deren schwere Vorhänge aufgezogen waren. Auf eines davon hatte sich Peter gesetzt. An der großen Truhe unter dem Fenster lehnten die Satteltaschen der Brüder. Johannas Augen streiften das Gepäck und kehrten zu Herman zurück. »Wo habt ihr es versteckt?«

»Geduld war noch nie deine Stärke«, zog Herman sie auf, ging dann aber zu den Taschen hinüber und kramte darin. Schließlich holte er einen Gegenstand heraus, den er hinter seinem Rücken verbarg. Vor Aufregung konnte Johanna kaum stillhalten. Endlich streckte Herman die rechte Hand aus und hielt ihr einen silbernen Reif entgegen. Er war mit kleinen metallenen Blüten verziert und in einer davon glänzte ein winziger blauer Stein. Verwirrt starrte Johanna darauf.

»Ein Schapel«, erläuterte Herman. »Die jungen Damen an Graf Engelberts Hof tragen es zur Zierde ihrer Haare. Diese Blüten sind zurzeit sehr beliebt. Und der blaue Edelstein unterstreicht die Farbe deiner Augen. Wir dachten uns, dass es dich beim Turnier und beim Festmahl wunderbar schmücken würde.«

»Er dachte«, murmelte Peter gerade laut genug, dass Johanna es hörte.

»Turnier?«, echote sie. »Festmahl?«

»Graf Engelbert hat beschlossen, auf Burg Blankenstein während des Jahrmarkts ein Turnier auszurichten«, erklärte Herman eifrig.

»Eine gute Gelegenheit, die ritterliche Tradition seiner Familie zu unterstreichen und gegenüber dem Erzbischof von Köln Stärke zu demonstrieren«, erläuterte Peter. »Der streckt nämlich seine langen Finger gierig nach der Grafschaft Mark aus. Nur deshalb verleiht Engelbert dem Örtchen Blankenstein ja auch die Rechte einer Freiheit, wozu das Marktrecht gehört. Deshalb findet der Jahrmarkt statt. Engelbert vergibt die Stadtrechte und andere Privilegien in letzter Zeit überhaupt recht großzügig. Alles, um die Grafschaft wirtschaftlich zu stärken und dem Kölner zu zeigen, welch große Bedeutung sie hat.«

Johanna konnte den politischen Erläuterungen nicht recht folgen. Auch Herman tat Peters Erklärung mit einer unwilligen Handbewegung ab.

»Im Anschluss an das Turnier ist auf jeden Fall ein Festmahl geplant. Die Damen am Hof sprechen schon seit Tagen über nichts anderes.« Noch einmal streckte er Johanna auffordernd den Silberreif hin.

»Die Damen sprechen über nichts anderes«, murmelte sie. Zögernd nahm sie das Geschenk entgegen. Mit allem Möglichen hatte sie gerechnet, nur nicht damit, dass ihr Bruder ihr einen Kopfputz mitbringen und voller Stolz überreichen würde. Sie musterte Herman und fragte sich, ob sie ihn wirklich so gut kannte, wie sie dachte.

Sein blaues Surkot reichte knapp bis zu den Oberschenkeln. Vorn war es mit kleinen Knöpfen geschlossen und an den lang auslaufenden Löffelärmeln konnte man das sonnengelbe Futter sehen. Auch die Gugel – die Kapuzenhaube, die mittlerweile fast jeder gut gekleidete Mann trug – war gelb. Der Kragen der Gugel, der Herman bis zu den Schultern reichte, war modisch gezackt. Die spitze Kapuze trug er nicht auf dem Kopf, sie fiel auf seinen Rücken hinab. Eine reich verzierte Messingschnalle hielt den ledernen Gürtel zusammen, an dem das Schwert hing. Und unterhalb der Knie hatte Herman zwei schmale Bänder zur Zierde um die Hosen geschlungen, deren eines Bein grün, das andere gelb war.

Herman, du bist ein richtig feiner Herr geworden, dachte Johanna erstaunt und fühlte sich dem Bruder plötzlich fremd. Doch dann nahm sie sich zusammen.

»Und woher weiß mein großer Bruder so genau,

worüber die Damen am Hof seit Tagen reden?«, neckte sie Herman und hoffte, nicht allzu bemüht zu klingen.

Herman hüllte sich in Schweigen, stattdessen antwortete Peter: »Oh, das könnte möglicherweise mit einer gewissen edlen Adelhaid zu tun haben, einer von Gräfin Richardas Damen. Adelhaid mit den wunderschönen, honigfarbenen Augen und dem sanften Lächeln«, fügte er übertrieben schwärmerisch hinzu.

»Da bin ich ja sehr gespannt, welch edle Kleider diese gewisse Adelhaid zum Festmahl tragen und mit welch edlem Kopfputz sie ihre honigfarbenen Augen zur Geltung bringen wird«, sagte Johanna, wobei sie Peters schwärmerischen Tonfall perfekt nachahmte.

Darauf, ein Turnier erleben zu können, freute sie sich ja tatsächlich. Doch das Festmahl und vor allem die Frage, welche Kleider sie oder die anderen Damen zu diesem Anlass tragen würden, waren ihr herzlich egal. Sie wusste plötzlich nicht mehr, worüber sie sich mit ihren Brüdern unterhalten sollte, und verspürte den heftigen Wunsch, alleine zu sein. »Ich werde jetzt mal gehen und schauen, ob ich Gerdrud helfen kann«, war die erste Ausrede, die ihr einfiel. »Wir sehen uns dann später in der Halle«, fügte sie hinzu.

2

Johanna hatte Glück. Gerdrud lief ihr nicht über den Weg und konnte ihr somit keine lästige Arbeit aufdrücken. Unbemerkt verschwand Johanna von der Burg und eilte zurück ins Gestüt.

Sie half beim Füttern und Misten und gönnte sich einen kurzen Ausritt mit Parzival. Darüber vergaß sie die Zeit, wie immer. Die Sonne stand bereits tief, als sie auf die Burg zurückkehrte. Außer den Torwachen war auf dem Hof kein Mensch zu entdecken, die Burgbewohner hatten sich bereits zum Abendessen in der Halle versammelt.

»Zu spät. Schon wieder«, schimpfte sie halblaut mit sich selbst. Zwei Küchenmägde liefen mit großen Holzschüsseln in den Händen vom Küchenhaus zum Wohngebäude. Der würzige Duft von gebratenem Fleisch und Zwiebeln wehte zu Johanna herüber. Mit einem vernehmlichen Grummeln erinnerte ihr Magen sie daran, dass sie am Morgen nur wenig und seitdem gar nichts mehr gegessen hatte.

Sie folgte den Mägden zum Palas, am Fuß der

Treppe hielt sie jedoch inne und blickte an ihrem Kleid hinunter. Es war unverkennbar staubig und wies einige verräterische Dreckspuren vom Misten auf. Na wunderbar, dachte sie und überlegte, ob sie noch schnell in ihre Kammer laufen und sich ein frisches Kleid anziehen sollte. Doch dann wäre ihr ein Tadel der Tante für ihr ungebührlich spätes Erscheinen gewiss. Außerdem knurrte ihr Magen erneut und nahm ihr die Entscheidung ab. Kräftig klopfte sie mit beiden Händen auf ihren Rock, um wenigstens den Staub abzuschütteln. Mit mäßigem Erfolg, wie sie feststellte. Sie zuckte die Schultern, raffte das Kleid und stieg die Stufen hinauf.

Schon in der Vorhalle hörte sie Stimmengewirr und lautes Lachen. Vielleicht sind alle so mit dem Essen beschäftigt, dass sie meine Verspätung gar nicht bemerken!

Und tatsächlich: Niemand wandte sich zu ihr um, als sie die Halle betrat. Selbst Gerdrud, die sonst übersinnliche Fähigkeiten zu besitzen schien, wenn es darum ging, ihre Nichte bei einer Verfehlung zu ertappen, unterhielt sich so angeregt mit Vater Aloisius, dass sie Johanna gar nicht sah.

Aloisius war Hauskaplan und Schreiber auf Eckstein. Er war ein gebildeter Mann, der nicht nur für das Seelenheil der Burgbewohner, sondern auch für den Unterricht der Kinder des Burgherrn verantwortlich war. Johanna hatte seine strengen Unterweisungen gemeinsam mit Ulrich genossen, bis ihr Zwillingsbruder ein Jahr zuvor ins Kloster gegangen war, um die kirchliche Laufbahn einzuschlagen. Seither beschränkten sich Aloisius' Bemühungen darauf, Johanna die Psalmen auswendig lernen zu lassen. Mit Gerdrud verstand er sich in diesem Punkt bestens. Johanna aber vermisste die Herausforderung durch die einst verhassten Latein-, Literatur- und Zahlenstudien mehr, als sie es je für möglich gehalten hätte.

Außer Gerdrud und Aloisius saßen noch Johannas Vater und ihre Brüder auf den Plätzen am Kopf der langen Tafel, die stets für den Burgherrn und seine Familie freigehalten wurden. Nur neben Peter war noch eine Lücke. Möglichst unauffällig drückte Johanna sich an der dicken Mauer entlang, wich geschickt zwei Mägden aus, von denen jede eine mit Pasteten beladene Platte balancierte, und rutschte neben ihrem Bruder auf die Bank. Er sah von dem Hähnchenschenkel auf, von dem er mit spitzen Fingern das Fleisch abgezupft hatte, und begrüßte sie mit einem Verschwörerlächeln.

»Wie geht es den Pferden?«, fragte er mit vollem Mund.

»Gut, sie lassen dich grüßen!«

Peter liebte Pferde fast ebenso wie seine Schwester, und bevor er an den Grafenhof gegangen war, hatten sie viele Stunden gemeinsam im Stall verbracht.

»Wie war die Fohlzeit?«, erkundigte er sich. Offensichtlich hatte ihr Vater noch keine Gelegenheit gefunden, mit den beiden ältesten Söhnen über das Gestüt zu sprechen. Ein Schatten legte sich über Johannas strahlend blaue Augen, was Peter nicht entging. »Was ist passiert?«

»Wir haben vier Fohlen verloren«, erzählte sie. »Drei davon waren Hengste.« Sie klang, als könne sie es immer noch nicht fassen. Dass einmal eine Stute bei der Geburt starb oder eines der Fohlen tot auf die Welt kam, all das konnte passieren. Selbst Johanna hatte sich damit abgefunden. Doch in diesem Jahr hatte eine seltene Krankheit die jungen Tiere nur wenige Stunden nach der Geburt befallen. Nicht einmal Margret hatte ein Mittel dagegen gewusst, dabei kannte sich die Frau des Stallmeisters mit Heilkräutern aus wie keine andere im Dorf. Sie hatte schon gegen manch hartnäckige Erkrankung ein Wundermittel gefunden.

»Vier Fohlen.« Peter klang erstaunt und traurig zugleich. Johanna spürte, wie ihr bei der Erinnerung an die schrecklichen Stunden, die sie im Stall neben den todkranken Tieren verbracht hatte, die Tränen in die Augen schossen.

Dankbar wandte sie sich ab, als eine der Mägde ihr von der Seite eine Schüssel hinhielt. Sie streckte beide Hände in das klare, kalte Wasser und beobachtete, wie es sich auf der Stelle braun färbte. Sie rieb die Handflächen kräftig aneinander und als sie die Hände herauszog, hatten sie eine rosige Farbe angenommen. Nur unter den kurzen Fingernägeln hielt sich noch hartnäckig der Schmutz. Die Magd reichte ihr ein Tuch. Johanna trocknete ihre Hände daran ab, faltete sie und sprach schnell das Tischgebet. Dann öffnete sie den Beutel, den sie stets am Gürtel trug, um ihr Speisemesser und ihren Löffel herauszuholen. Erst danach wandte sie sich wieder an Peter.

Ihr Bruder schien den Schreck überwunden zu haben und setzte erneut dem Hühnerbein zu. Auch Johanna griff in die hölzerne Schüssel, die vor ihnen auf dem Tisch stand, und angelte ein Stück Huhn aus der sämigen Soße. Ihre Nase verriet ihr, dass die Soße mit Honig und Anis gewürzt war, und beim ersten Bissen stellte sie fest, dass die Köchin auch mit dem Pfeffer nicht gegeizt hatte. Lecker! Hungrig verschlang sie das Fleisch.

Anlässlich der Ankunft von Herman und Peter hatte Gerdrud ein kleines Festmahl auftischen lassen. Auf einer Platte entdeckte Johanna verschiedene Pasteten, gefüllt mit Fleisch und Fisch. Daneben stand eine rote Soße. Johanna stippte eine der Pasteten hinein und schob sie in den Mund. Hui, scharf! Schnell schob sie zwei Löffel Erbsenbrei hinterher. In einer Schüssel dampfte ein Eintopf aus Schweinefleisch, Rosinen und Mandeln. Etwas Suppe tropfte auf den Brotfladen vor ihr auf dem Tisch, als Johanna sich aus der gemeinsamen Schüssel bediente. Sie nahm noch mehrere Löffel voll, dann wischte sie sich mit dem Handrücken über den Mund und zog den Becher zu sich herüber, den sie mit Peter teilte. Der säuerliche Rotwein war mit Wasser verdünnt und sie nahm einen großen Schluck.

»Den Appetit hat es dir jedenfalls nicht verschlagen«, zog Peter sie auf.

Johanna setzte den Becher ab und spürte, wie ihr das Blut ins Gesicht schoss und ihre Wangen heiß wurden.

»Spar dir deinen betretenen Gesichtsausdruck. Mich überzeugst du damit nicht.« Peter versuchte, ernst zu schauen, doch dann stahl sich wieder der verschmitzte Ausdruck auf sein Gesicht.

Johanna atmete erleichtert aus. Ohne es zu merken, hatte sie die Luft angehalten. Nachdem Herman so streng mit ihr gewesen war, hatte sie befürchtet, auch Peter könnte seinen Tadel ernst meinen. Aber nein, Peter doch nicht! Peter war ihr seit Kindertagen von allen Brüdern der nächste gewesen, mit ihm hatte sie so manches Geheimnis geteilt. Peter hielt zu ihr! Sie nahm sich ein Stück Käse und von dem gebratenen Apfel.

»Was hat es eigentlich genau mit dieser Adelhaid auf sich, für die Herman so schwärmt?«, fragte sie, auch wenn die Antwort sie eher mäßig interessierte. Aber sie wollte ein unverfängliches Thema anschneiden.

»Oh, Adelhaid ist nur ein Jahr älter als du, aber bereits eine perfekte Dame. Fromm, tugendhaft und natürlich sehr schön«, erzählte Peter mit sanftem Spott. Doch als Johanna die Augen verdrehte, fügte er schnell hinzu: »Nein, nein, Adelhaid ist schon in Ordnung. Ein wirklich nettes Mädchen. Nur macht Herman sich komplett zum Narren, wenn sie irgendwo auftaucht. Dabei hat er bei ihr so wenig Chancen, wie er bei der Gräfin persönlich hätte. Mal davon abgesehen, dass die Gräfin ja ohnehin schon vergeben ist.«

»Was meinst du?« Johanna konnte nicht folgen.

»Adelhaids Vater hat Großes mit ihr vor, hört man«, erklärte Peter. »Otto von Kleve wäre ihm gerade recht. Ein Spross der bedeutenden Grafenfamilie von Kleve und ein Cousin des Grafen Engelbert. Jedenfalls weilt er neuerdings ziemlich häufig an Engelberts Hof. Und man munkelt, ihn ließen die Schönheit und Tugendhaftigkeit unserer Adelhaid auch nicht kalt.«

»Woher kennst du bloß all diese Gerüchte?«, staunte Johanna.

»Man muss nur aufmerksam zuhören und nicht zu oft selbst den Mund aufmachen. Dann erzählen einem die Menschen die erstaunlichsten Dinge«, erklärte ihr Bruder. Er klang bescheiden, doch man hörte auch einen gewissen Stolz in seiner Stimme.

Ja, zuhören konnte Peter schon immer besser, als große Reden zu schwingen, dachte Johanna. Im Gegensatz zu Herman. Gerade wollte sie ihren Bruder fragen, ob auch er eine Dame seines Herzens gefunden habe, da drehte ihr Vater sich zu ihnen um.

»Komm nach dem Essen in mein Gemach, ich möchte mit dir und deinem Bruder sprechen«, sagte er an Peter gewandt.

Johanna brauste auf: »Und ich? Mich willst du nicht dabeihaben, Vater?«

»Wollte ich verhindern, dass du dabei bist, müsste ich dich vermutlich in unserem Verlies an die Wand ketten«, antwortete Erhard. Seine Mundwinkel zuckten unter seinem ordentlich gestutzten Bart. Johanna wusste, dass er sich an ihrer Neugier nicht störte, sondern ihr Interesse sogar schätzte.

»Vielleicht sollte ich ein paar Ketten organisieren

und du könntest mich einfach in deiner Kammer an die Wand ketten. Wäre das nicht ein feiner Kompromiss?«, entgegnete sie.

»Und den Schlüssel vertrauen wir Gerdrud an«, schlug Peter vor.

Sein Vater stimmte in sein Lachen ein.

Empört verzog Johanna das Gesicht.

Ein letzter Rest Tageslicht fiel durch die schmalen Fenster in die Halle, als Johanna, Peter und die anderen sich schließlich von der Tafel erhoben. Die Mägde hatten bereits alle Schüsseln und Platten hinausgetragen, und die Knechte fingen an, die Tischplatten, Böcke und Bänke an die Wand zu stellen, damit sich das Gesinde in der Halle zum Schlafen legen konnte.

In der geräumigen Kammer des Burgherrn brannten mehrere dicke, braune Wachskerzen in Halterungen an der Wand und auf dem Tisch. Auch ein Krug mit Würzwein und fünf Zinnbecher standen bereit.

Gerdrud schenkte die Becher voll, bevor sie sich auf den Sitz in der Fensternische zurückzog. Erhard von Eckstein und sein ältester Sohn nahmen auf den beiden einzigen Sesseln Platz, Peter und Johanna setzten sich auf die breite Truhe neben der Tür. Sie alle schauten gespannt auf Erhard, doch dieser hüllte sich in Schweigen. Versonnen drehte er den Zinnbecher in seinen Händen und schaute nachdenklich in den hellroten Wein. Dann nahm er einen Schluck und fuhr sich mit der Zunge über die Oberlippe. Noch immer sagte er kein Wort.

Unruhig rutschte Johanna auf der Truhe hin und her. Auch Herman wurde langsam ungeduldig. »Du wolltest uns sprechen, Vater?«, eröffnete er schließlich das Gespräch.

»Ja, hm.« Zerstreut sah der Burgherr seinen Sohn an, als sei er mit den Gedanken weit weg gewesen. Dann stellte er schwungvoll den Becher ab und legte die Hände auf seine Oberschenkel. »Ja, gut, wie fange ich an? Schön, dass ihr gekommen seid, um mich bei den Vorbereitungen für den Pferdemarkt zu unterstützen.«

Johanna staunte. Es war eigentlich gar nicht die Art ihres Vaters, um den heißen Brei herumzureden. Was mochte ihn so beschäftigen?

»Nun, wie ich dir, Herman, bereits erklärt habe, hatten wir im Gestüt dieses Jahr kein großes Glück«, fuhr Erhard schließlich fort. Herman nickte, wobei ihm eine wirre Haarsträhne ins Gesicht fiel. Ungeduldig strich er sie zurück. Auch Peter nickte. Er hatte ja von Johanna erfahren, was passiert war.

»Ich will ganz offen mit euch sein. Es steht nicht

so gut um unsere Finanzen, wie es sollte. Die Nachfrage nach unseren Pferden ist zurückgegangen, seit die Pest gewütet hat. Selbst die Wohlhabenden halten in dieser wirtschaftlich unsicheren Zeit ihr Vermögen lieber zusammen. Hinzu kommt, dass es uns in diesem Jahr die Ernte gründlich verregnet hat.«

Johanna schluckte trocken und biss sich nervös auf die Unterlippe. Bisher hatte sie nichts von den Sorgen gewusst, die ihren Vater bedrückten. Nun spürte sie, wie auch sie davon ergriffen wurde. Doch ihr Vater war noch nicht fertig.

»Und dann« – Erhard hatte seine breiten Hände unwillkürlich zu Fäusten geballt, er redete jetzt schneller – »dein Ritterschlag, Herman. Versteh mich nicht falsch. Aber er hat zusätzliche Kosten verursacht. Die Rüstung, die neuen Waffen ...«

»Vater«, unterbrach Herman ihn, »was willst du uns sagen?«

»Was ich euch sagen will ist, dass wir die Zucht vorerst etwas verkleinern müssen«, erklärte Erhard. »Der Markt in Blankenstein ist eine gute Gelegenheit. Dank des Turniers werden dort viele wichtige Adelige der Grafschaft sein und ich hoffe, dass wir gute Preise erzielen werden. Wir werden drei der Stuten mitnehmen und drei Hengste. Auch Parzival«, fügte er an Johanna gewandt hinzu.

»Wie bitte?« Johanna war aufgesprungen. »Das kannst du nicht machen! Du hast es mir versprochen!« Mit einigen schnellen Schritten trat sie an den Tisch, blieb vor ihrem Vater stehen, die Hände in die Taille gestützt. Ihre Augen blitzten vor Wut. »Du hast versprochen, dass wir Parzival behalten werden und für die Zucht einsetzen.«

»Johanna«, mahnte ihre Tante streng vom Fenster, »setz dich wieder hin.«

»Es geht nicht anders, meine Kleine, wirklich nicht«, versuchte Erhard, seine Tochter zu beschwichtigen.

Gleichzeitig packte Herman Johanna am Arm und drehte sie mit einem festen Griff zu sich um. »Was hat das zu bedeuten, Schwesterchen? Worüber empörst du dich so?«

Johanna funkelte ihn ebenso wütend an wie zuvor ihren Vater. Ihre Augen hatten eine tiefblaue Farbe angenommen, beinahe wirkten sie schwarz.

»Er will mein Pferd verkaufen«, presste sie hervor.

»Es ist nicht dein Pferd, junge Dame«, warf ihre Tante scharf ein. »Die Pferde im Gestüt gehören immer noch deinem Vater. Und wenn er eines davon verkaufen will, dann hat er sicher einen guten Grund dafür.«

»Ich habe ihn großgezogen«, entgegnete Johanna hitzig. »Ohne mich wäre Parzival gar nicht am Leben. Oder hättet Ihr ihm die Kuhmilch einflößen wollen, nachdem seine Mutter gestorben war?« Der Gedanke war lächerlich gewesen. Ein Fohlen mit Kuhmilch großzuziehen war eigentlich ein Ding der Unmöglichkeit. Jeder andere auf der Burg wäre vermutlich bei dem Versuch gescheitert. Doch Johanna war es geglückt. Mit für sie völlig untypischer Geduld hatte sie dem mutterlosen kleinen Hengst mühsam die verdünnte Milch aus einem Holztrichter zu trinken gegeben. Und Parzival hatte ihr vertraut. So wie er ihr heute noch vertraute. Sie durfte ihn nicht im Stich lassen!

»Das kannst du nicht machen«, wiederholte sie mit brüchiger Stimme an ihren Vater gewandt. »Bitte«, fügte sie flehentlich hinzu.

»Johanna, es geht nicht anders. Es ist entschieden.« Erhard war die Verzweiflung seiner Tochter merklich unangenehm. »Wenn wir wirtschaftlich wieder auf sicheren Füßen stehen, dann darfst du dir ein neues Pferd aussuchen und es behalten. Versprochen«, versuchte er einzulenken.

Doch Johanna ließ sich nicht bestechen. »Ich will Parzival – und keinen sonst.« Zwei Tränen liefen ihr über die Wangen, unwirsch wischte sie sie mit dem Handrücken fort. Dann wandte sie sich trotzig an ihren Vater. »Wenn du das wirklich tust, wirst du in Blankenstein auf mich verzichten müssen. Ich reite jedenfalls nicht mit, um zuzusehen wie Parzival von irgendeinem Ritter erworben wird, der so viel Ahnung von Pferden hat wie ein Esel vom Harfespielen.« Sie drehte sich um und wollte zur Tür stürmen, da hielt Hermans schneidende Stimme sie zurück.

»Johanna, bleib hier. Wenn Vater wünscht, dass du mit nach Blankenstein reist, dann solltest du das tun. Du hast dich bislang wahrlich zur Genüge um deine Pflichten gedrückt.«

Johanna blieb vor Empörung der Mund offen stehen.

Unbeirrt fuhr Herman fort: »Es wird wirklich Zeit, dass du dich am Hof blicken lässt. Wir müssen auch an *deine* Zukunft denken. Ich hatte jedenfalls nicht den Eindruck, dass die Heiratskandidaten hier bislang das Tor eingerannt haben. Bei den Festlichkeiten dürfte schon der eine oder andere dabei sein.«

Aus dem Augenwinkel beobachtete Johanna, wie ihre Tante zustimmend nickte. Natürlich, auch Gerdrud war daran gelegen, sie so schnell wie möglich unter die Haube zu bringen.

»Ich habe nicht vor, mich auf dem Fest zur Schau stellen zu lassen wie die Pferde auf dem Markt«, antwortete Johanna zornig. »Bislang habe ich keinen Ehemann vermisst und glaube auch nicht, dass ich so bald Interesse haben werde, daran etwas zu ändern.«

»Deine Wünsche tun in diesem Fall nicht viel zur Sache«, mischte Gerdrud sich ein. »Es wird tatsächlich langsam Zeit, dass du heiratest, wenn du nicht als alte Jungfer enden möchtest.«

»Wofür wir das beste Beispiel direkt vor uns haben«, entgegnete Johanna spitz.

»Johanna, mäßige dich«, ermahnte sie nun auch ihr Vater.

»Falls ich jemals heirate, und ich sage *falls*, dann muss es ein Mann sein, der die Pferde so liebt wie ich. Und so wie du, Vater«, fügte sie an Erhard von Eckstein gewandt hinzu.

»Na, dann wäre unser Michel wohl der einzige geeignete Kandidat«, gab Peter von seinem Platz auf der Truhe aus zu bedenken. Seine Augen blitzten schelmisch. Doch die scherzhaft gemeinte Bemerkung konnte die Wogen nicht glätten.

Gerdrud schnaubte abfällig. »Ein Stallknecht für Johanna. Das wäre eine wirklich standesgemäße Wahl.«

»Ist mir doch gleich«, erwiderte Johanna kühl. »Dann heirate ich eben Michel, den Stallknecht!«

3

Sie überquerten die Ruhr über die Brücke bei Hattingen. Die Grafen von der Mark hatten sie vor einigen Jahrzehnten errichten lassen, damit die Handelsreisenden auf ihrem Weg von Köln nach Münster trockenen Fußes über den Fluss kamen.

»Fünf Pfennige«, brummelte der Brückenwächter, als Erhard von Eckstein ihn nach dem Zoll fragte. Johannas Vater kramte in seinem Beutel und zählte dem Mann den stattlichen Betrag in die Hand. Johanna wusste, dass er froh war, mit seiner Reisegesellschaft nicht auf die Dienste eines Fährmanns angewiesen zu sein. Die Pferde schätzten es ganz und gar nicht, auf den schwankenden Bohlen eines Floßes das Wasser zu überqueren.

Es war bereits früher Nachmittag. Die Sonne ließ das Holz der Brücke in einem warmen Rotbraun leuchten und tanzte mit Tausenden winziger Funken auf dem Wasser der Ruhr, die eilig darunter hinwegströmte.

Auf der Brücke herrschte reges Treiben. Händler und Kaufleute kamen ihnen entgegen, dann überholten sie eine Schar Pilger. Am anderen Ende der Brücke standen zwei junge Wächter beisammen. Als Johanna an ihnen vorbeiritt, zwinkerte ihr einer der beiden verschmitzt zu. Johanna bedachte ihn mit einem frostigen Blick. Seit sie Eckstein am Morgen verlassen hatten, trug sie eine verschlossene Miene zur Schau. Außerdem war sie untypisch still gewesen und hatte den Mund nur aufgemacht, wenn jemand eine direkte Frage an sie richtete. Da ihre Antworten einsilbig ausfielen, hatten ihre Brüder und ihr Vater bald den Versuch aufgegeben, ein Gespräch mit ihr in Gang zu bringen. Johanna war das nur recht.

In den letzten beiden Tagen hatte sie alles versucht, um ihren Vater umzustimmen. Sie hatte geschmeichelt und gewütet, geweint und gefleht. Doch Erhard von Eckstein hielt so hartnäckig an dem einmal gefassten Entschluss fest, wie Johanna es noch nie erlebt hatte. Auch von seiner Forderung, die Tochter solle ihn und die Brüder nach Blankenstein begleiten, ließ der Vater sich nicht abbringen. Schließlich hatte sie sich seinem Befehl gefügt und sich damit getröstet, dass sie so wenigstens bis zum letzten Moment mit Parzival zusammen sein konnte.

Allerdings hatte ihr Vater auch ihren Wunsch ignoriert, auf Parzival nach Blankenstein zu reiten.

Eine junge Dame von Stand, die auf einem mächtigen Schlachtross reiste – das war undenkbar! Deshalb saß Johanna in ihrem guten grasgrünen Kleid, den dunkelgrünen Reisemantel um die Schultern gelegt, auf einem braven grauweißen Zelter und drehte sich immer wieder unglücklich zu Parzival um, der von Michel am Halfter geführt wurde.

Außer den Tieren, auf denen sie ritten, hatten sie sechs weitere Pferde dabei. Michel und Jost führten die drei Schlachtrösser, die auf dem Markt verkauft werden sollten. Die drei Stuten waren an den Wagen gebunden, auf dem nicht nur das Gepäck in einer großen Truhe, sondern auch Johannas Magd Brid mitreiste. Der Wagen wurde von einem Gaul gezogen, den Willem, Michels jüngerer Bruder, mit der Gerte antrieb. So kamen sie nur im Schritttempo voran.

»Es wird wohl fast Abend werden, bis wir Blankenstein erreichen«, hörte sie Herman zu ihrem Vater sagen, kurze Zeit nachdem sie die Brücke hinter sich gelassen hatten. Johanna bemühte sich, möglichst gleichgültig auszusehen. Keiner sollte merken, dass sie lauschte. Glücklicherweise wurde ihre Aufmerksamkeit ohnehin abgelenkt, denn vor ihnen tauchte eine Reisegruppe auf, die noch langsamer unterwegs war als ihre eigene.

Den Mittelpunkt der Gesellschaft bildete ein kleines Fuhrwerk, das an allen Seiten mit bunten Mustern bemalt und mit Fähnchen geschmückt war. Lustig flatterten sie im Wind. Oben auf dem Bock thronte eine ungeheuer dicke Matrone in grellroten und grünen Kleidern. Offenbar hatte sie die Reisegruppe bemerkt, die sich von hinten näherte, denn eher laut als schön begann sie zu singen:

»Ich kam zu der Wiese, da kam auch mein Liebster hin, und empfing mich – O, Heilige Maria, wie hat er mich selig gemacht! Küsste er mich? Wohl tausendmal! Tandaradei! Seht wie rot mein Mund geworden ist!«

Ein junger Mann, der mit tänzelnden Schritten neben dem Wagen ging, blies dazu die Melodie auf einer kleinen Flöte. Auch seine Kleidung war auffällig. Er trug einen weiten Mantel, der in Zipfeln auslief. An jedem davon war eine kleine Glocke befestigt, sodass seine Schritte von einem vielstimmigen Klingeln begleitet wurden. Auf dem Kopf hatte er eine riesige Kappe mit zwei langen Ohren, an deren Enden ebenfalls Schellen hingen.

Ein kleiner Junge in schmutzigen Kleidern lief neben dem Wagen her, mal auf seinen Füßen, mal auf seinen Händen, dann wieder schlug er ein Rad, eins nach dem anderen, sodass Johanna allein vom

Zuschauen ganz schwindelig wurde. Ein weiterer Knabe wurde von einem Kerl mit breitem Kreuz auf die Schultern gehoben, wo er aufrecht stand, ohne sich festzuhalten, und mit drei Bällen jonglierte. Als Johannas Vater an ihm vorbeiritt, steckte er die Bälle in seinen Kittel und zog einen Klingelbeutel hervor, den er dem Reiter entgegenstreckte. Achtlos ließ Erhard eine Münze hineinfallen.

Johanna verlangsamte ihr Tempo, um die Gaukler ausgiebig betrachten zu können. Der junge Spielmann bemerkte ihr Interesse, unterbrach sein Flötenspiel und wandte sich ihr zu.

»Verratet mir den Namen Eures Liebsten, edles Fräulein, und ich will Euch ein wunderschönes Liebeslied dichten«, rief er ihr mit volltönender Stimme zu.

Doch Johanna schenkte seinen vorlauten Worten keine Beachtung. Ihre ganze Aufmerksamkeit galt einem Tierchen, das sie erst jetzt auf der Schulter des Spielmanns entdeckte. Ein solches Wesen hatte sie noch nie zuvor gesehen! Es hatte die Größe einer kleinen Katze, hockte aber fast wie ein Mensch auf der Schulter. Es klammerte sich mit seinen ziemlich großen Händen und Füßen am Umhang fest und hielt sich wohl auch mit seinem langen Schwanz oben, den es um den Arm des

Spielmanns geschlungen hatte. Das dunkle Gesichtchen stach aus dem hellen Bart, der es umkränzte, hervor, und die kleinen Knopfaugen schienen Johanna direkt anzublicken.

»Ah, ich sehe schon, Ihr findet mehr Gefallen an meinem Meerkätzchen als an den Dingen des Herzens. Hier, wollt ihr es einmal kurz halten?« Der Spielmann streckte seinen Arm in Johannas Richtung und das kleine Tier kletterte behände daran entlang auf sie zu.

»Gib acht!«, rief Herman über die Schulter. »Diese Äffchen sind bisweilen geschicktere Beutelschneider als ihre Herren.«

Johanna, die sich dem Affen bereits entgegengelehnt hatte, schreckte zurück.

Der Spielmann lachte und scheuchte das Äffchen mit einem Schulterzucken an seinen Platz. »Nun, wenn Ihr in den Dingen des Herzens ebenso schreckhaft seid wie gegenüber diesem kleinen Tierchen, dann wird es mit dem Liebeslied wohl nichts werden«, rief er ihr spöttisch zu.

Johanna errötete und schnalzte ihrem Zelter vernehmlich zu, sodass das Pferd seinen Schritt wieder beschleunigte. Doch während sie ihren Weg fortsetzten und sich immer weiter von der Gruppe der Gaukler entfernten, schaute sie noch viele Male zurück.

Tatsächlich erreichten sie erst am frühen Abend die Burg Blankenstein, die wuchtig auf einem Berg hoch über der Ruhr thronte. Johanna war von dem langen Ritt so erschöpft, dass sie kaum Augen für den großen Burghof und die prächtigen Gebäude hatte, die sich rundum erhoben. Im Hof herrschte geschäftiges Treiben. Knechte luden große Fässer und pralle Säcke von einem Ochsenkarren und brachten sie in die Vorratskeller. Mägde schleppten Körbe voll Obst und Gemüse zum Küchenhaus. Eine Reitergruppe war kurz vor Johanna und ihrer Familie angekommen, die Ritter scheuchten die Knappen mit den Pferden zum Stall und wandten sich interessiert den jungen Mägden zu. Eine Horde kleiner Jungs rannte scheinbar ziellos durchs Gedränge und machte die Pferde scheu.

Das Gewirr der vielen Menschen im Hof zog an Johanna vorüber. Sie sehnte sich nach einer ruhigen Kammer und einem Bett, auf dem sie sich ausstrecken und die Augen schließen konnte.

Kurz nachdem sie durch den Torturm in den Hof geritten waren, kam ein Bursche mit pechschwarzem Haar auf sie zugestürzt. Sie saßen ab und Herman stellte ihn seiner Familie mit knappen Worten vor: »Rembert, mein Knappe.«

Der Junge, der ungefähr so alt war wie Johanna, verbeugte sich höflich vor Erhard von Eckstein und ihr selbst. »Ich hoffe, Ihr hattet eine angenehme Reise«, sagte er mit näselnder Stimme.

Peter und Rembert, die gemeinsam am Hof ausgebildet wurden, begrüßten sich mit einem Handschlag.

»Rembert, lauf und gib Bescheid, dass meine Familie eingetroffen ist«, wies Herman seinen Knappen an. Mit einer angedeuteten Verbeugung rannte der Junge in Richtung des mächtigen Wohngebäudes an der Rückseite des Hofes davon.

»Peter, schau, dass ihr einen Platz für die Pferde im Marstall findet, zumindest für die Schlachtrösser«, sagte er an seinen Bruder gewandt und deutete mit einer vagen Handbewegung auf die Knechte und Pferde. Peter führte die anderen zu dem großen Stallgebäude, das sich links an den Torturm anschloss. Johanna wollte ihnen hinterherlaufen, doch Herman rief sie zurück. »Johanna, bleib hier. Am Hof des Grafen haben junge Damen nichts im Stall zu suchen.«

Johanna wunderte sich, mit welcher Selbstverständlichkeit ihr ältester Bruder hier alle herumkommandierte – und dass ihr Vater keinen Ton dazu sagte. Vielmehr betrachtete dieser stumm die Menschen, die an ihnen vorbeihasteten. Man konnte fast glauben, Erhard sei noch nie an einem so großen Hof gewesen. Dabei war es Johanna, die sich zum ersten Mal auf einer gräflichen Burg befand. Als Ritter des Grafen von der Mark hatte Erhard von Eckstein früher viel Zeit an dessen Hof verbracht. Doch das war vor Johannas Geburt – und vor dem Tod ihrer Mutter – gewesen. Seither hatte sich ihr Vater immer mehr auf seine eigene Burg zurückgezogen und größere Gesellschaften nur noch besucht, wenn es sich nicht vermeiden ließ.

Johanna hatte seine Abneigung gegen das höfische Leben einfach übernommen, ohne es zu kennen. Auch jetzt war sie bemüht, nach außen nichts als gelangweiltes Desinteresse zu zeigen. Das fiel ihr nicht schwer. Zwar war sie neugierig, diese Festung zu erkunden, doch im Moment war die Müdigkeit stärker. Nur mühsam unterdrückte sie ein Gähnen.

»Ich könnte hundert Jahre schlafen«, raunte sie ihrer Magd Brid zu.

Die lächelte matt, die Fahrt auf dem ungepolsterten Wagen hatte sie ordentlich durchgerüttelt. »Und dann käme ein edler Ritter auf seinem weißen Ross und würde Euch wach küssen.« Brid schwärmte für romantische Geschichten.

Johanna schüttelte nur den Kopf. »Ein weißes Ross meinetwegen, aber den Ritter kannst du dir sparen.«

Dankbar beobachtete Johanna, wie Rembert schon nach kurzer Zeit über den Hof wieder auf sie zugelaufen kam und etwas außer Atem vor Herman stehen blieb. »Wenn Ihr mir bitte folgen wollt, der Graf möchte Euch persönlich begrüßen.«

Auch das noch!, dachte Johanna.

Ohne auf eine Antwort zu warten, drehte Rembert sich um und steuerte mit schnellen, federnden Schritten auf das Herrenhaus auf der gegenüberliegenden Seite des Platzes zu. Herman und Erhard folgten dem Jungen. Johanna und Brid versuchten vergeblich, mit dem Tempo der Männer Schritt zu halten.

»Aus dem …«, hörte Johanna plötzlich eine schrille Stimme. Dann spürte sie, wie sich ein Schwall kalten Wassers über ihre Beine ergoss. »Was zum Teufel …«, begann sie zu fluchen und wich erschrocken einen Schritt zurück, taumelte und wäre vermutlich gefallen, hätte Brid sie nicht geistesgegenwärtig am Ellenbogen gefasst und festgehalten.

Vor Johanna stand ein vielleicht zehnjähriger Junge in einem schlichten Kittel, der betreten zu Boden starrte, die Unterlippe zwischen die Zähne geklemmt. Seine Arme baumelten zu beiden Seiten seines Oberkörpers herab. In einer Hand hielt er einen bauchigen Krug, aus dem ein dünnes Rinnsal lief. Den Rest des Wassers hat wohl der Stoff meines Kleides aufgesogen, schloss Johanna.

»Verzeiht«, nuschelte der Küchenjunge so leise, dass Johanna ihn kaum verstand. Sie sah, dass er sich fürchtete. Vermutlich rechnete er mit einer Tracht Prügel, wenn auch nicht von Johanna, so doch zumindest von ihrem Bruder oder ihrem Vater. Aber beide waren bereits ein gutes Stück vorausgegangen und hatten den Zwischenfall gar nicht bemerkt.

Freundlich sagte sie zu dem Knaben: »Lauf und hol dein Wasser. In der Küche warten sie sicher schon darauf.«

Der Junge konnte sein Glück kaum fassen. »Danke, Fräulein«, stammelte er und stob davon.

»Ihr lasst den Bengel zu leicht davonkommen«, stellte Brid ungehalten fest. Missmutig musterte sie Johannas durchnässtes Kleid. Das Wasser hatte zusammen mit dem Straßenstaub mehrere hässliche Flecke gebildet.

»Ach, er kann doch nichts dafür«, rechtfertigte Johanna sich. »Und außerdem wäre mein Kleid nicht davon trocken geworden, dass der arme Kerl Prügel bezogen hätte.«

»Nun, dann lasst uns sehen, dass wir Euch wenigstens schnell aus dem nassen Stoff befreien, auf dass Ihr Euch nicht verkühlt«, lenkte Brid ein.

Doch daraus wurde vorerst nichts. Die Männer hatten bereits das Eingangstor des Herrenhauses erreicht und Herman winkte Johanna ungeduldig, sich ihnen anzuschließen. Sie seufzte und folgte der Aufforderung höchst unwillig. Brid wies sie an, im Hof zu warten.

Auch im Haus herrschte Gedränge, fein gekleidete Edelleute strömten von allen Seiten in die große Halle, wo sicher bald das Abendessen beginnen würde. Rembert bahnte sich und seinen Begleitern einen Weg durch die Menschenschar, führte sie über eine breite Steintreppe ins Obergeschoss hinauf und blieb dort vor einer mit Schnitzereien verzierten Holztür stehen. Auf sein Klopfen ertönte eine unverständliche Antwort, trotzdem drückte Rembert die Klinke herunter und sagte: »Der Herr Graf erwartet Euch.«

Graf Engelbert von der Mark stand an einem Schreibpult neben dem Fenster und hatte seinen Kopf über ein Schriftstück gebeugt. Als seine Besucher eintraten, sah er auf und ein erfreuter Ausdruck trat auf sein Gesicht.

Das also ist Graf Engelbert!, dachte Johanna. Von Peter wusste sie, dass der Graf erst fünfundzwanzig Jahre alt war. Nach dem frühen Tod seines Vaters hatte er den Titel bereits mit siebzehn geerbt. Trotz seiner edlen Seidenkleider und obwohl er einen kurzen Vollbart trug, wirkte Engelbert fast noch wie ein Junge.

»Ah, die Herren von Eckstein mit einer reizenden jungen Dame in ihrer Begleitung, wie ich sehe. Gott zum Gruße.« Mit großen Schritten kam der Graf auf seine Gäste zu.

»Gott zum Gruße«, erwiderten Erhard und Herman und verneigten sich tief. Auch Johanna beugte etwas ungeschickt die Knie und senkte den Kopf.

»Wir haben Euch lange nicht an unserem Hof gesehen.« Graf Engelbert trat zu Johannas Vater und schloss ihn kurz, aber herzlich in die Arme. »Geh und hol uns etwas zu trinken«, rief er Rembert zu, der noch immer an der Tür stand.

Erhard räusperte sich unbehaglich. »Es gibt immer sehr viel zu tun, vor allem im Gestüt«, erklärte er.

»Ja, die Pferde von Eckstein. Ich nenne selbst zwei sehr schöne Rösser aus Eurer Zucht mein Eigen. Wirklich großartige Tiere. Ich hoffe, Ihr habt auch dieses Mal solche Prachtexemplare mitgebracht. Ich könnte versucht sein, Euch wieder ein Pferd abzukaufen. Obwohl ich gestehen muss, dass ich wohl bereits mehr Pferde besitze, als ich jemals reiten kann.« Er lachte. Engelbert trug den Spitznamen »Reitergraf« – nicht nur, weil er ein fantastischer Reiter war, sondern auch, weil er eine besondere Vorliebe für schöne Pferde pflegte. Das hatte Herman vor einiger Zeit erzählt. Seither war Johanna der junge Graf sehr sympathisch gewesen, obwohl sie ihn gar nicht kannte.

Etwas verspätet erinnerte sich ihr Vater daran, auch seine Tochter dem Grafen vorzustellen. Johanna knickste erneut und schämte sich, in dem durchnässten Kleid vor ihm zu stehen. Doch Engelbert nickte ihr freundlich zu und ignorierte höflich ihre unpassende Erscheinung. Zu Johannas Erleichterung kam in diesem Moment auch Rembert zurück. Auf einem Tablett balancierte er einen Krug und vier Silberpokale. Er stellte alles auf dem breiten Holztisch ab und schenkte ein. Sie tranken einen Schluck, dann sagte der Graf: »Ich werde Euch jetzt zu Euren Kammern führen lassen. Seid mir willkommen auf Blankenstein.«

Sie mussten zwei Treppen hinaufsteigen, um zu den Gästequartieren zu gelangen. Doch bereits auf dem ersten Absatz wurden sie erneut aufgehalten, als ihnen drei junge Frauen entgegenkamen, die aus den Damengemächern auf dem Weg hinunter in die Halle waren. Zwei von ihnen begannen augenblicklich zu kichern, als sie Herman bemerkten, die dritte senkte scheu den Blick. Alberne Gänse, dachte Johanna.

Die jungen Damen trugen Kleider aus Taft und Seide, die nach der neuesten Mode geschnitten waren. Die großen Ärmelöffnungen der Surkots gewährten einen freien Blick auf die eng taillierten Kotten. Die Dekolletés reichten beinahe bis zu den Schultern und die helle Haut darunter schimmerte fast weiß, wie es sich für Damen von Stand gehörte. Die Haare hatten sie zu Zöpfen geflochten und wie Kränze um den Kopf geschlungen. Sie sahen hübsch aus, diese Mädchen, musste Johanna sich eingestehen.

»Willst du uns nicht vorstellen?« Erhard legte Herman eine Hand auf die Schulter.

Dieser stand wie vom Blitz getroffen da, im Gesicht ein dümmliches Grinsen. Nun zuckte er zusammen, räusperte sich und erklärte: »Meine Damen, darf ich bekannt machen: mein Vater Erhard von Eckstein, meine Schwester Johanna. Vater, Margarethe von Breitenbach, Katharina von Northof und Adelhaid von Lichtenau.«

Das also ist die edle Adelhaid, dachte Johanna. Sie betrachtete die junge Frau, die Herman offensichtlich derart den Kopf verdreht hatte, dass er die Gebote der Höflichkeit vergaß. Ihr Gesicht war schmal und ebenmäßig, die hellblonden Haare ließen es beinahe bleich wirken. Ihr wohlgeformter Mund zeigte ein höfliches Lächeln, nur ihre kecke Stupsnase wollte nicht so recht mit den perfekten Zügen harmonieren.

»Ihr seid auf dem Weg in die Halle, vermute ich.« Herman schien seine Sprache wiedergefunden zu haben.

Adelhaid nickte scheu mit dem Kopf.

»Wir sehen uns dann dort.« Es war Herman anzuhören, dass er das kaum erwarten konnte. »Ich begleite nur schnell meinen Vater und meine Schwester zu ihren Kammern. Sie werden sich vor dem Abendessen noch umkleiden wollen. Und ich ebenfalls«, fügte er mit einem Blick auf seine staubige Reisekleidung hinzu.

»Das ist auch nötig«, hörte Johanna eines der beiden albernen Mädchen dem anderen zuraunen, gerade laut genug, dass sie die Bemerkung auf alle Fälle hören musste. Sie musterten Johanna abschätzig und kicherten wieder. Diese biss die Zähne zusammen.

Jetzt bloß keine unbedachte Antwort geben!, ermahnte sie sich.

Die Mädchen gingen an ihnen vorbei und die Treppe hinunter. Adelhaid blieb jedoch neben Johanna stehen. Was jetzt?, dachte Johanna und wappnete sich innerlich gegen eine weitere Spitze.

»Das Leben hier am Hof muss Euch sehr ungewohnt erscheinen«, sagte Adelhaid mit einer leisen, melodiösen Stimme. »Wenn Ihr einmal eine Frage habt, dann wendet Euch ruhig an mich.« Und damit folgte sie ihren Freundinnen. Verdutzt schaute Johanna ihr nach.

4

»He, nimm deinen eckigen Dickschädel aus meinem Blickfeld, ich kann den Grafen nicht sehen.« Die rundliche Bäuerin klopfte dem jungen Burschen, der ihr die Sicht versperrte, kräftig mit der geballten Faust gegen die Schulter.

»Du kannst den Grafen nicht sehen, weil der Graf noch gar nicht da ist.« Der junge Mann, der nicht nur an seiner Lederschürze, sondern auch an seinen breiten Schultern als Schmiedelehrling zu erkennen war, wich keinen Schritt zur Seite. Stur schaute er geradeaus.

Fluchend versuchte die Bäuerin, sich unter Einsatz ihrer Ellenbogen an ihm vorbeizudrücken. Erfolglos. Die Menschen standen dicht gedrängt vor dem Rathaus von Blankenstein, sodass es unmöglich war, auch nur einen einzigen Schritt nach vorn oder hinten zu machen.

Die Bauern und Bürger hatten sich ebenso versammelt wie die Händler und das fahrende Volk. Sogar einige der adeligen Gäste des Grafen waren gleich nach der morgendlichen Messe von der Burg gekommen, um nur ja nicht die Eröffnung des Jahrmarktes zu verpassen.

»Wir hätten warten sollen, bis der Trubel sich ein wenig gelegt hat«, sagte Peter mürrisch. »Was interessiert uns die Verlesung des Freiheitsbriefes?«

Johanna ignorierte sein Maulen. Mit leuchtenden Augen betrachtete sie die Menschen, die sich auf dem Marktplatz drängten. Es war eine bunte Mischung aus Alt und Jung, armen Bauern und wohlhabenden Kaufleuten, Handwerkern, Händlern und Gauklern, die schoben und schubsten, um im letzten Moment doch noch einen besseren Platz zu erobern. Johanna und ihr Bruder standen etwas abseits unter der Linde, unter der sich jedes Jahr zu Pfingsten alle Bürger versammelten, um Gericht zu halten, neue Bürger in die Gemeinde aufzunehmen und den Bürgermeister zu wählen. So hatte Peter es ihr erklärt. Peter wusste so viel und schien sich gleichzeitig nur von so wenigem beeindrucken zu lassen, fand Johanna. Auch jetzt beobachtete er mit gelangweilter Miene, wie sich die Tür des Rathauses öffnete und der Graf und die Gräfin hinaustraten, gefolgt vom Bürgermeister.

Johanna sah Gräfin Richarda zum ersten Mal. Am Abend zuvor hatte ihr Vater es abgelehnt, zum gemeinsamen Essen in die große Halle zu gehen. Stattdessen hatte er Herman gebeten, ihnen eine

Nachtmahlzeit in die Kammer bringen zu lassen. Johanna war ihm dankbar gewesen, sie hatte ohnehin nur wenig Appetit und noch weniger Lust auf Gesellschaft gehabt. Umso neugieriger war sie jedoch jetzt auf die Gräfin. Es hieß, Richarda sei deutlich älter als ihr Gemahl, doch aus der Entfernung suchte Johanna vergeblich nach Spuren, die das Alter der Gräfin verraten hätten. Wahrscheinlich trägt sie eine dicke Schicht Schminke auf dem Gesicht, vermutete Johanna.

Richarda wirkte sehr prunkvoll an diesem Morgen. Ihr dunkelblaues Surkot war mit weißem Pelz gesäumt und mit einer Vielzahl kleiner Perlen bestickt. Ihr Haar hatte sie über den Ohren zu Hörnern gedreht und mit einem feinen Schleier bedeckt. Der Graf trug einen Umhang mit Pelzkragen. Seinen Gürtel schmückten Edelsteine, die im Sonnenlicht in allen erdenklichen Farben funkelten. Die Menschen auf dem Marktplatz jubelten.

Engelbert begrüßte die Anwesenden und verlas den Brief, mit dem er dem Städtchen die Rechte einer Freiheit zuerkannte. Die rechtlichen Details langweilten Johanna bald. Endlich kam der Graf zum Ende und überreichte die Urkunde an den Bürgermeister. Die Marktglocke, die den Beginn des Jahrmarkts einläutete, ging in dem allgemeinen Jubel fast unter.

»Komm, ich spendier dir ein Stück Honigkuchen.« Peter stupste Johanna in die Seite. Die Menge auf dem Platz hatte sich bereits aufgelöst und die Menschen strömten zwischen den Marktständen hindurch. Johanna und Peter schlossen sich dem Strom an und ließen sich treiben. Eng an eng reihten sich die Stände. Einige Händler hatten Holzpfähle aufgerichtet, über denen sich ein festes Tuch spannte, um so die Waren vor Sonne und Regen zu schützen. Andere hatten einfache Bohlen über Böcke oder Fässer gelegt, auf denen sie ihr Sortiment ausbreiteten. Laut tönten die Stimmen der Verkäufer, die ihre Schätze feilboten.

»Beutel und Börsen, Taschen und Futterale! Was immer Ihr verstauen wollt, bei mir findet Ihr das passende Behältnis.«

»Feinstes englisches Tuch, schaut es Euch an, meine Damen, befühlt es. So etwas Edles habt Ihr nicht alle Tage zwischen den Fingern!«

»Zimt und Muskat, Ingwer und Nelken, Kardamom und Safran. Erlesene Gewürze aus dem Fernen Osten.« Der Gewürzhändler wog einige kostbare Körner mit einer Handwaage ab und ließ sie in ein ledernes Säckchen gleiten. »Pfeffer, so schwarz wie die Nacht und so scharf wie eine Klinge«, dröhnte er und drückte den Beutel einem Kunden in die Hand. Von seinem Stand wehte ein so kräftiger Geruch herüber, dass Johanna niesen musste.

Sie wusste gar nicht, wohin sie sich zuerst wenden sollte. Ledergürtel baumelten von einem Querbalken über der Bude eines Gürtlers herab und streiften ihren Kopf, als sie darunter hergeschoben wurde. Am nächsten Stand nahm ein Gewandschneider aufwendig Maß an einer Bürgersfrau, die bei ihm ein neues Kleid bestellen wollte.

Das Angebot auf dem Markt war riesig: Kämme und Bürsten, Seifen und Duftöle, Kerzen und Talglichter, Krüge und Töpfe, Eimer und Fässer – alles konnte man hier erstehen.

»Seht Euch meine Schnallen und Broschen an«, rief ein Goldschmied in Peters Richtung. »Da werdet ihr sicher ein Schmuckstück finden, das die Schönheit Eurer Begleiterin noch mehren kann.«

Peter schüttelte lachend den Kopf. »Wenn ich ein Schmuckstück finden wollte, das meiner Schwester gefällt, müsste ich wohl eher zum Sattler hinübergehen. Außerdem würde der Preis deiner Waren ein solches Loch in meine Börse reißen, dass ich mir beim Beutelmacher gleich eine neue besorgen müsste.«

Da tönte ein gellender Schrei über den Platz, und Johanna schaute sich erschrocken um. Peter ergriff ihre Hand und gemeinsam drängten sie mit anderen Schaulustigen in die Richtung, aus der der Schmerzenslaut erklungen war. Als sie den Ort des Geschehens erreichten, war der Höhepunkt des Spektakels bereits vorüber. Ein Bader im blutverschmierten Kittel streckte eine Zange in die Höhe, in der ein schwarzer Zahn klemmte. Ein alter Bauer saß vor ihm auf einem Hocker, hielt sich die Wange und wimmerte leise.

»Wer ist der Nächste, wen drückt eine Qual, wer leidet unter Schmerzen, wer benötigt ein Heilmittel?«, rief der Bader in die Menge.

Johanna und Peter wandten sich amüsiert ab. Gut, dass Gerdrud immer darauf besteht, dass ich meine Zähne mit einem Bürstchen und einer Paste aus Pottasche reinige, dachte Johanna. Außerdem empfahl ihre Tante, regelmäßig zur Heiligen Apollonia zu beten, der Schutzheiligen für gesunde Zähne.

Schließlich fanden sie den Stand eines Zuckerbäckers und Peter kaufte ihr den versprochenen Honigkuchen. Das braune Gebäck war kreisrund geformt und mit kleinen Mandelstücken dekoriert, was ausgesprochen hübsch aussah. Begierig sog Johanna den würzigen Duft auf. Herrlich! Dann biss sie hinein. Kräftig und süß zugleich schmeckte die Leckerei. Schweigend nahm sie gleich noch einen Bissen.

»Gut, nicht wahr?« Peter strahlte sie an. Großzügig hielt sie ihm den angebissenen Honigkuchen hin. »Nein, danke, iss nur, damit du nicht so dürr bleibst, wie du bist.«

Johanna ließ sich von seiner Neckerei nicht provozieren und verzehrte genüsslich den Rest ihres Kuchens. Dann schlenderten sie weiter.

Der Vormittag mit Peter allein auf dem Jahrmarkt tat ihr gut, auf der Burg des Grafen hatte sie sich zu unsicher gefühlt. Nach dem unerfreulichen Zusammentreffen mit Adelhaid und vor allem ihren Freundinnen hatte sie nur noch wenig Lust verspürt, die Burganlagen zu erkunden – stattdessen hatte sie freudig zugestimmt, als Peter vorschlug, gemeinsam über den Markt zu bummeln. Hier konnte sie einfach sie selbst sein und die vielen neuen Eindrücke genießen. Sogar Parzival und der nahe Abschied waren für kurze Zeit vergessen.

Doch als die Mittagszeit vorbei war, mahnte Peter: »Wir sollten jetzt zur Koppel gehen. Die Vorführung der Pferde wird gleich beginnen.«

Hämmern und laute Rufe schollen ihnen entgegen, als sie sich dem Platz näherten, auf dem das Turnier stattfinden sollte. Die Handwerker legten letzte Hand an die Tribüne für die Ehrengäste, der Turnierplatz war bereits mit Holzpalisaden umzäunt.

Dahinter stand eine Reihe farbenfroher Zelte, in denen die Ritter und ihre Knappen kampierten. Auf einer Koppel waren die Pferde untergebracht: die Schlachtrösser der Turnierteilnehmer ebenso wie die Tiere, die zum Verkauf standen. Um einen großen Verkaufsring drängten sich Ritter, Edelleute und reiche Bürger, aber auch weniger wohlhabende Schaulustige, denn dort wurden die Pferde vorgeführt.

Die Beschau der Reitpferde war bereits beendet, als Johanna und Peter eintrafen. Nun kamen die kostbaren Schlachtrösser an die Reihe. Die mächtigen Hengste waren gestriegelt, dass die Felle nur so glänzten, bunte Bänder flatterten in ihren Mähnen. Auch die Stallknechte, die das Können ihrer vierbeinigen Schützlinge demonstrieren sollten, hatten ihre Stiefel auf Hochglanz poliert.

Mit komplizierten Übungen zeigten die Reiter die Kraft und Wendigkeit der Pferde. Dann mussten die Tiere beweisen, dass sie auch vor Schlachtenlärm und Feuer keine Angst hatten: Ein Knecht schlug kräftig mit zwei Eisenstangen gegeneinander, und ein ohrenbetäubender Lärm erklang. Ein anderer schwenkte eine große Fackel. Schließlich durften die Ritter, die sich für eines der Rösser begeisterten, selbst aufsitzen.

Johanna wandte sich von den Vorführungen ab

und ging hinüber zur Koppel. Leise pfiff sie durch die Zähne, um Parzival anzulocken, der auf der anderen Seite graste. Der Hengst erkannte das Pfeifen sofort und kam zu ihr getrabt.

»Na, Schöner«, begrüßte sie ihn und hielt ihm die ausgestreckte Hand hin. Parzival legte seine weichen Nüstern hinein. »Ich hab dir nichts mitgebracht, du Leckermaul«, neckte Johanna ihn. »Eine Belohnung gibt es erst nach dem großen Auftritt.« Auf einmal spürte sie, wie ihr der Hals ganz eng wurde bei dem Gedanken daran.

»Gibst du Parzival letzte Ratschläge?«, fragte plötzlich eine Stimme neben ihr. Es war Michel. »Ich muss ihn rüberbringen«, sagte der Stallknecht mit Bedauern. Er wusste ja, wie sehr Johanna an dem Pferd hing.

»Schon gut, nimm ihn mit.« Johanna tätschelte Parzivals Hals. Dann ging sie zurück zum Verkaufsring und stellte sich neben Peter. Gespannt verfolgten sie, wie Michel Parzival in den Ring führte und aufsaß.

Parzivals Vorführung verlief hervorragend. Er zeigte sich von seiner allerbesten Seite, ließ alle Übungen über sich ergehen, als ob sie ihn nicht im Mindesten interessierten, und sah aus wie der Inbegriff eines noblen Streitrosses. Johanna beobachtete ihn stolz und gleichzeitig voller Wehmut. Als er die Vorführung beendet hatte, brachte Michel das Pferd wie unbeabsichtigt genau vor Johanna zum Stehen. Sie klopfte Parzival über die Umzäunung hinweg auf die Flanke. »Gut gemacht, Großer.«

Ein junger Ritter betrat den Verkaufsring und ging zielstrebig auf den Hengst zu. Der neuesten Mode entsprechend trug er ein gepolstertes Wams, das seinen Oberkörper kräftiger wirken ließ, seine Bewegungsfreiheit aber sichtlich einengte. Seine schwarzen, kinnlangen Haare lagen wie ein Helm um seinen Kopf, ebenso schwarz war sein Kinnbärtchen. Überrascht stellte Johanna fest, dass er sich Sporen um die feinen, übertrieben langen Schnabelschuhe gebunden hatte.

»Runter da«, befahl er Michel. Der Knecht saß eilig ab und der Ritter schwang sich in den Sattel. »Dann wollen wir mal sehen, ob du hältst, was du versprichst«, hörte Johanna ihn zu Parzival sagen. Es klang nicht gerade freundlich.

»Otto von Kleve, ausgerechnet.« Peter stöhnte leise.

»Wer ist das?«, raunte Johanna ihrem Bruder zu.

»Ich habe dir doch von ihm erzählt«, erinnerte Peter sie. »Er ist reich, er stammt aus einer bedeutenden Familie, aber er hat nicht gerade den besten Ruf, was seinen Umgang mit Pferden betrifft.«

Als wollte er Peters Worte unterstreichen, drückte Otto dem Pferd die Sporen unsanft in den Bauch und riss gleichzeitig heftig an den Zügeln. Parzival war eine so raue Behandlung nicht gewöhnt. Er bockte – und bewegte sich nicht von der Stelle.

»Na los doch, du Teufelsbrut.« Otto trat noch kräftiger mit den Hacken zu. Die silbernen Sporen blitzten in der Sonne auf, bevor sie Parzival ins Fleisch fuhren. Der Hengst begann zu tänzeln.

»Ruhig. Ganz ruhig«, flüsterte Johanna, viel zu leise, als dass Parzival sie hätte hören können. Vermutlich hätten ihre Worte das Pferd ohnehin nicht beruhigt. Zu sehr war es damit beschäftigt, sich gegen den brutalen Reiter zur Wehr zu setzen. Ottos Gesicht war inzwischen rot angelaufen, ob vor Zorn oder aus gekränkter Eitelkeit vermochte Johanna nicht zu sagen. Unbarmherzig hackte er Parzival die Sporen in die Seiten und zerrte immer heftiger an den Zügeln. Parzival stand bereits der Schaum vor dem Maul, zögerlich machte er einige Schritte nach hinten. Dann bockte er, trat mit den Hinterbeinen kräftig aus – und stieg!

Durch die Menge ging ein Raunen, als sich das mächtige Streitross plötzlich erhob. Ängstlich wichen die Zuschauer von der Absperrung zurück. Einige Damen hatten die Hände vor den Mund geschlagen und folgten dem Geschehen aus schreckgeweiteten Augen. Die umstehenden Ritter starrten schockiert auf den Verkaufsring. Noch hielt Otto von Kleve sich im Sattel. Doch war es nur eine Frage der Zeit, bis Parzival den Reiter abwerfen würde und dieser im schlimmsten Fall unter die Hufe geriet. Parzival wieherte schrill – und stieg erneut!

Plötzlich hatte Johanna das Gefühl, dass alle Bewegungen stark verlangsamt abliefen. Ohne darüber nachzudenken, was sie eigentlich tat, lief sie zum Gatter, öffnete es und trat hinter die Absperrung. Sie hörte, wie die Umstehenden Laute des Schreckens ausstießen. Und sie hörte ihren Vater rufen: »Johanna, nein!« Doch all das nahm sie eher unbewusst wahr. Mit allen Sinnen konzentrierte sie sich auf Parzival, dessen Panik sie fast körperlich zu spüren meinte.

Wieder stieg der Hengst. Seine Vorderbeine sausten wie Keulen durch die Luft. Doch Johanna ging unbeirrt auf ihn zu. Als sie unmittelbar vor dem scheuenden Pferd stand, packte sie seine Mähne. Parzival wieherte wie aus Protest und warf den Kopf nach hinten. Doch dann blieb er lammfromm vor Johanna stehen.

Sein Fell glänzte schweißnass und er schnaufte heftig. Der Reiter wirkte nicht weniger erschöpft. Er ließ sich aus dem Sattel gleiten und verließ den

Verkaufsring, ohne Johanna auch nur eines Blickes zu würdigen. Die Zuschauer bildeten eine Gasse, ihre Mienen waren teils mitleidig, teils spöttisch. Stimmen erhoben sich, erleichtertes Murmeln schwoll an zu lautem Geschwätz, hitzig diskutierte man das Geschehen.

Johanna hatte die Stirn an Parzivals Hals gelegt und die Augen geschlossen. Langsam beruhigte sich sein Atem.

»Komm jetzt, Mädchen.« Die Stimme ihres Vaters erklang direkt neben ihr. »Gut gemacht.« Erhard von Eckstein ergriff mit einer Hand Johannas Arm, mit der anderen nahm er Parzivals Zügel, dann führte er sie beide vom Platz.

Johanna rechnete damit, dass alle Umstehenden sie anstarren würden. Immerhin hatte sie mit ihrem Eingreifen gegen alle Regeln damenhaften Benehmens verstoßen. Doch die Zuschauer hatten ihre Aufmerksamkeit bereits wieder auf die Ereignisse im Verkaufsring gerichtet, wo das nächste Schlachtross präsentiert wurde. Und trotzdem: Sie hatte das Gefühl, beobachtet zu werden. Irritiert drehte sie sich um.

Ein junger Edelmann lehnte an der Umzäunung, die Arme lässig aufgestützt. Sein Gesicht war ihr zugewandt, doch Johanna war sich nicht sicher, ob er sie tatsächlich anschaute. Sein Interesse schien eher auf Parzival gerichtet zu sein. Die weizenblonden Haare fielen ihm wirr ins Gesicht, ohne die auffällige Narbe über seinem linken Auge verdecken zu können. Es war ein hübsches Gesicht, doch es wirkte verschlossen. Nur um seine Lippen spielte ein leichtes Lächeln. Unwillkürlich erwiderte es Johanna. Was tust du da?, fragte sie sich und schüttelte den Kopf. Er schaut dich ja gar nicht an.

»... ein wirklich gutes Angebot«, drang die Stimme ihres Vaters in Johannas Ohr. Er drückte Michel Parzivals Zügel in die Hand, dann schaute er Johanna forschend an. »Du hörst mir ja gar nicht zu.«

»Entschuldige, Vater. Was hast du gesagt?«

»Ich habe noch vor diesem unglücklichen Vorfall ein Angebot für Parzival erhalten. Ein wirklich gutes Angebot«, wiederholte Erhard.

»Wie schön.« Johanna bemühte sich nicht darum, Begeisterung zu heucheln.

»Nun, es ist noch keine abgemachte Sache. Der Bieter hat es an eine Bedingung geknüpft. Parzival muss morgen am Turnier teilnehmen. Erfolgreich, versteht sich. Herman wird also mit Parzival antreten.«

5

Johanna hatte Müdigkeit vorgeschützt und sich damit erneut erfolgreich vor dem Essen in der Halle gedrückt. Doch an Schlaf war nicht zu denken. Unruhig wälzte sie sich auf dem Strohsack in ihrem Bett hin und her. Brid lag in eine Wolldecke gewickelt am Boden, schlief tief und fest – und schnarchte. Schon allein der Lärm, den die Magd veranstaltete, hätte ausgereicht, um Johanna den Schlaf zu rauben. Aber es waren vor allem die beunruhigenden Bilder und Gedanken, die ihr nicht aus dem Kopf gehen wollten. Sie sah Parzival vor sich, wie er sich aufbäumte und gegen den brutalen Reiter zur Wehr setzte. Wie er vertrauensvoll seinen Kopf an ihren drückte. Was, wenn es nun Otto von Kleve war, der ihrem Vater das hohe Angebot gemacht hatte? Oder ein ähnlich gemeiner Pferdeschinder? Wie es Parzival jetzt wohl ging?

Johanna seufzte. Sie musste aufstehen und nach dem Hengst sehen! Entschlossen warf sie die Wolldecke zur Seite und kletterte aus dem Bett. Vorsichtig stieg sie über Brid hinweg. Die Magd schnaufte, drehte sich auf die andere Seite, wachte aber nicht auf. Johanna legte sich ein warmes Tuch um die Schultern und schlüpfte aus der Tür. Erst als sie schon auf dem dunklen Gang stand, fiel ihr auf, dass sie nichts als ihr knöchellanges Unterhemd trug. Sehr unpassend!

Zum Glück war es bereits so spät, dass sie auf den Treppen nach unten niemandem begegnete. Aus der Halle hörte sie zwar noch Musik und laute Stimmen, aber der Burghof lag verlassen und dunkel da. Eine hauchdünne Mondsichel stand am Himmel und verströmte gerade genug Licht, um ihr den Weg zum Marstall zu weisen.

Johanna fröstelte. Auch wenn die Tage für September ungewöhnlich warm ausfielen, merkte man nachts bereits, dass es auf den Herbst zuging. Eilig zog sie die Stalltür hinter sich zu. Im Stall war es wärmer als draußen, dafür stockfinster. Der vertraute Geruch nach Heu, Mist und den Ausdünstungen der Pferde stieg ihr in die Nase. Sie hörte das Rascheln der Hufe im Stroh und das Schnauben der Pferde, die den nächtlichen Besucher bemerkt hatten.

Leise pfiff Johanna durch die Zähne. Parzival antwortete ihr sofort mit einem fröhlichen Wiehern. Er stand nicht weit von ihr entfernt. Vorsichtig tastete sie sich an den Holzabtrennungen entlang, bis sich ihr der vertraute Pferdekopf entgegenstreckte.

»Da bist du ja, mein Schöner«, flüsterte sie erleichtert und fuhr Parzival mit der Hand über die Stirn. Das Pferd stupste mit dem Maul gegen ihren Kopf, als wollte es ihr einen Kuss zur Begrüßung geben.

»Na, na, na, nicht so stürmisch.« Johanna fühlte sich gleich ein bisschen besser. »Hier, ich habe dir etwas mitgebracht.« Sie hielt Parzival einen Apfel hin, den sie von dem Obstteller aus der Kammer hatte mitgehen lassen. Der Hengst fing sofort an, genüsslich zu kauen. »Haben sie gut für dich gesorgt?«, fragte Johanna. »Aber sicher«, gab sie sich selbst die Antwort. »Michel wird kaum zulassen, dass es dir an etwas mangelt. Vermutlich gefällt es dir hier sogar besser als mir.«

Plötzlich erhellte ein Strahl des fahlen Mondlichts den Mittelgang. Jemand hatte die Stalltür geöffnet und schlüpfte in den Stall. Johanna konnte erkennen, dass es sich um einen Mann handelte, denn er trug eine Lampe in der Hand, die flackernd ihren Schein auf die Wände warf. Die Pferde zuckten erschrocken zurück. Eine Flamme im Pferdestall, wo überall trockenes Heu und Stroh herumlag. Welcher Narr kam denn auf so eine Idee?

Bevor der Fremde Parzivals Box erreicht hatte,

versteckte Johanna sich schnell hinter der nächsten Abtrennung. In ihrem Aufzug wollte sie sich nicht im Stall erwischen lassen!

»Guten Abend, Teufelsbrut.«

Johanna zuckte zusammen. Obwohl der Mann leise sprach, erkannte sie ihn sofort an seiner Stimme: Otto von Kleve, der Pferdeschinder. Ihrem ersten Impuls folgend, wäre sie beinahe aus ihrem Versteck getreten. Doch die Vernunft hielt sie rechtzeitig zurück und sie beschloss abzuwarten, was der Ritter überhaupt von Parzival wollte. Obwohl sie sich kaum vorstellen konnte, dass er mit guten Absichten gekommen war. Vorsichtig linste sie hinter der Absperrung hervor.

Otto hatte die Lampe an die Seite gestellt und sich vor dem Pferd aufgebaut. Parzival, die Ohren steil aufgerichtet, beobachtete jede seiner Bewegungen mit Argwohn. Als Otto die Hand nach ihm ausstreckte, wich der Hengst zwei Schritte zurück, bis er an die Rückwand stieß.

»Warum denn plötzlich so ängstlich?« Ottos Tonfall klang zynisch. »Ich habe dir etwas Gutes mitgebracht.« Auffordernd streckte er dem Pferd die Hand hin.

Johanna konnte nicht erkennen, was es war. Nimm es nicht, Parzival! Mühsam unterdrückte sie einen Protestlaut. Sie sandte ihre Gedanken zu Parzival aus, doch das Pferd schien ihr stummes Flehen nicht zu bemerken. Vorsichtig näherte es sich der ausgestreckten Hand mit den Nüstern, schnupperte und fraß gierig. Das musste ein besonderer Leckerbissen sein.

Dann hockte Otto von Kleve sich neben Parzival auf den Boden. Er wendete Johanna den Rücken zu, sodass sie leider nicht erkennen konnte, was er da tat. Sollte sie doch besser einschreiten? Die ganze Situation kam ihr nicht geheuer vor.

»Was treibt Ihr bei meinem Pferd?«, hörte sie plötzlich eine Stimme aus dem Schatten.

Otto fuhr herum. »Euer Pferd?« Er lachte höhnisch. »Dieses Pferd gehört, soweit ich weiß, Herman von Eckstein.«

»Seinem Vater, um genau zu sein«, sagte die Stimme. Der Mann trat aus dem Schatten in den Schein der Fackel und Johanna erkannte ihn. Es war der junge Edelmann, der ihr schon beim Pferdemarkt aufgefallen war. Die blonden Haare fielen ihm noch immer unordentlich in sein hübsches Gesicht, doch das amüsierte Lächeln war daraus verschwunden. »Und ab morgen gehört es mir.«

Auf einmal wurde Johanna klar: Das war der Mann, der ihr Parzival wegnehmen wollte! Ihre Erleichterung über sein Erscheinen machte sogleich einer heftigen Abneigung Platz.

»Ludwig von Leyenhorst, Ihr wollt diesen alten Klepper kaufen?«, fragte Otto von Kleve höhnisch. »Habt Ihr Euch das gut überlegt? Sicher gibt es eine bessere Verwendung für Euer gerade erst angetretenes Erbe.«

»Das lasst mal meine Sorge sein.« Ludwig ließ sich nicht provozieren.

»Was treibt Ihr überhaupt um diese Zeit im Marstall?«

»Dasselbe könnte ich Euch fragen. Zumal Ihr nicht gerade als der größte Pferdenarr auf Blankenstein bekannt seid.«

Diesen Ludwig von Leyenhorst brachte augenscheinlich nichts so leicht aus der Ruhe. Und er hatte eine wirklich spitze Zunge. Gegen ihren Willen war Johanna beeindruckt.

»Nun, da wir hier beide offensichtlich nichts Wichtiges zu erledigen haben, schlage ich vor, dass wir in die Halle zurückkehren. Es wird getanzt, das wollt Ihr Euch sicher nicht entgehen lassen.« Ludwig bückte sich und hob die Lampe auf. Die Aufforderung war eindeutig: Otto konnte kaum widersprechen, ohne Misstrauen zu erwecken. Unwillig zuckte er mit den Schultern und ging ohne ein weiteres Wort zur Stalltür.

Ludwig blieb noch einen kurzen Moment stehen und sah genau in Johannas Richtung. Sicherheitshalber drückte sie sich ein bisschen tiefer in den Schatten. Ludwig zwinkerte fast unmerklich, wandte sich um und ging. Hatte er ihr etwa zugezwinkert? Nein, das war unmöglich. Er konnte sie gar nicht gesehen haben!

Johanna tastete sich wieder zu Parzival. »Alles in Ordnung?« Der Hengst schnaubte und stupste gegen ihren Kopf.

»Dann ist es ja gut. Bist du müde?« Als Antwort legte Parzival sich auf den Boden.

»Scheint so.« Johanna lächelte in die Dunkelheit. »Ich auch. Aber ich schlafe wohl besser in meinem harten Bett als hier mit dir im weichen Stroh!«

6

Der Turniertag begann mit einer Messe in der Burgkapelle. Die Kapelle war ein kleiner Steinbau am Fuße der Brücke, die von der Vorburg über den Graben zum Haupthof hinaufführte. So viele Menschen waren an diesem Morgen hier versammelt, dass längst nicht alle einen Sitzplatz gefunden hatten. Eingequetscht saß Johanna zwischen Peter und ihrem Vater in einer der hinteren Bänke. Das frühe Sonnenlicht fiel durch das gläserne Fenster über dem Altar und malte bunte flackernde Bilder auf die Köpfe der Gläubigen. Während der langen Predigt ließ Johanna sich dankbar durch das Spiel des Lichts ablenken. Nervös fieberte sie dem Beginn des Turniers entgegen. Würde Parzival sich bewähren? Und würde Herman den Sieg erlangen? Johanna fürchtete ein wenig um ihren Bruder und das Pferd. Des Öfteren hatte sie bereits von Turnieren mit tödlichem Ausgang gehört. Dass sie Herman eigentlich grollte, weil er sie in den letzten Tagen so häufig ermahnt hatte, hatte sie ganz vergessen.

Der Graf und die Gräfin führten den Zug an, der sich gleich im Anschluss an die Messe auf den Weg zum Turnierplatz machte. Dort hatte sich bereits eine große Menschenmenge versammelt. Die Bürger und Bauern Blankensteins waren herbeigeströmt und viele Schaulustige aus der Umgebung waren eigens für dieses große Ereignis angereist. Sie alle drängten sich um die hölzernen Schranken, die den Turnierplatz begrenzten. Das Gerangel um die besten Plätze stand dem vom Vortag auf dem Jahrmarkt in nichts nach.

Wasserträger schoben sich durch die Menge, redlich bemüht, keinen Tropfen aus den Schalen, die an langen Stangen über ihre Schultern hingen, zu verschütten. Verkäufer mit Körben und Bauchläden boten lautstark süßes Gebäck und würzige Pasteten feil. Am Rande des Getümmels waren Bierstände aufgeschlagen worden und über eilig entfachten Feuern hingen bauchige Töpfe und Fleischspieße, von denen das Fett nur so triefte.

Die Zuschauer höheren Ranges nahmen auf den eigens für sie reservierten Plätzen auf der Tribüne Platz, in der Mitte der Graf und die Gräfin auf ihrem erhöhten Ehrenplatz. Unter den Damen, die in unmittelbarer Nähe von Gräfin Richarda saßen, befand sich auch Adelhaid. Die junge Edeldame trug heute ein leuchtend grünes Surkot über einer blassvioletten Kotte. In die offenen Haare hatte sie Bänder in der gleichen Farbe geflochten. Bewundernd schaute Johanna sie an. Wie wunderschön Adelhaid war! Johannas Augen suchten die Ränge weiter ab, einen wirren Blondschopf konnte sie unter den Zuschauern jedoch nicht entdecken.

Der Herold trat in die Mitte des Platzes und drei Trompeter bliesen in ihre Instrumente. Die lauten Gespräche der Zuschauer verebbten, während der Herold mit dröhnender Stimme die Namen der Teilnehmer verkündete. Einer nach dem anderen ritten sie zur Wappenschau in die Platzmitte.

»Ludger von Greven!« Ein Ritter in voller Rüstung lenkte sein Pferd vor den Herold. Dieser betrachtete Schild und Helmzier des Ritters. Beides war in den Farben Schwarz und Rot geschmückt, ebenso die Schabracke, die über Bauch, Brust und Hinterteil des Pferdes herabhing. Der Herold notierte alles genau auf einer Tafel.

»Gert von Osthoff!« Ein weiterer Ritter kam nach vorn, ihm folgten viele andere. Bald schwirrte Johanna der Kopf von all den Namen, bunten Farben und prächtigen Rüstungen. Die Helme und die auf Hochglanz polierten Ringpanzer schimmerten in der Sonne. Sie musste mehrmals die Augen zukneifen, um nicht geblendet zu werden.

»Herman von Eckstein!« Ihr Bruder sah herrlich

aus in seiner neuen Rüstung! Seinen Rock und seinen Schild zierte das Wappen derer von Eckstein: ein stolz aufgerichtetes Pferd auf gelbem Grund. Das Pferd, das Herman ritt, wirkte ebenso stolz und schön, mit seinem hoch erhobenem Haupt und der gelben Schabracke, die den weißen Körper fast gänzlich verdeckte.

»Mein Parzival«, murmelte Johanna gerührt.

Gut dreißig Ritter traten bei dem Turnier an, darunter auch Otto von Kleve. Sein Apfelschimmel wirkte auf Johanna etwas behäbig, doch das konnte täuschen.

Endlich erklärte der Herold alle Teilnehmer für turnierfähig und verkündete die Regeln: Je zwei Ritter sollten im Zweikampf, der Tjost, gegeneinander antreten. Einen Punkt gab es für einen Lanzenstoß gegen den Schild oder die Brust, zwei Punkte für einen Treffer an der Schulter. Wurde einer der Gegner aus dem Sattel gestoßen, erhielt der andere drei Punkte. Dann durfte der Kampf am Boden mit Schwertern fortgesetzt werden.

Die Ritter verließen den Kampfplatz, nur zwei blieben zurück. Diese ritten zur Tribüne und verneigten sich vor dem Grafenpaar. Dann nahmen sie an den gegenüberliegenden Seiten Aufstellung. Die Trompeter bliesen ein dreistimmiges Signal. Der Zweikampf konnte beginnen.

Die Reiter galoppierten an, Staub wirbelte unter den Hufen ihrer Tiere auf. Starr richteten sie den Blick auf ihren Gegner, während sie mit atemberaubender Geschwindigkeit aufeinanderzuschossen. Die Ritter legten ihre Lanzen an und hielten sie fest mit der Rechten umklammert. Auf der linken Seite schützten sie sich mit ihren Schilden gegen den Angreifer. Die Zuschauer johlten und riefen die Namen ihres Favoriten. Nur noch wenige Schritte trennten die Pferde, mit einem Krachen donnerte die abgestumpfte Lanze des einen auf den Schild des anderen.

Punkt!, dachte Johanna.

»Ein Punkt für Walter von Traubach«, rief der Herold, bemüht, seine Stimme über das laute Jubeln des Publikums zu erheben.

Die Ritter stellten sich zum zweiten Lanzengang auf. Noch zweimal ritten sie gegeneinander, bis es Walter von Traubach gelang, seinen Gegner aus dem Sattel zu werfen. Als Sieger ging er vom Platz.

Johanna applaudierte ebenso begeistert wie die anderen Zuschauer. Als sie sich zu ihrem Vater drehte, stellte sie fest, dass Erhard von Eckstein eine verschlossene Miene zur Schau trug, seine Hände lagen zu Fäusten geballt auf seinen Oberschenkeln.

»Gefällt es dir nicht, Vater?«, fragte sie verwundert.

»Doch, doch.« Es klang zerstreut.

»Vater, hast du früher auch auf Turnieren gekämpft?« Johanna wurde plötzlich bewusst, wie wenig sie eigentlich über das Leben ihres Vaters wusste, dass er geführt hatte, bevor sie auf der Welt war.

»Ja, das habe ich.«

»Und warst du erfolgreich?«, drängte Johanna.

Erhard betrachtete seine begeisterte Tochter liebevoll. »Ja, das war ich.«

Bevor Johanna weiter nachhaken konnte, kündigte der Herold die nächsten Zweikämpfer an. Der Kampf gestaltete sich so spannend wie der erste, und Johanna wurde immer mehr von dem Turnier in seinen Bann gezogen. Aufgeregt wartete sie darauf, dass endlich Herman in die Bahn reiten würde.

»Herman von Eckstein«, verkündete der Herold endlich. Und gleich darauf: »Otto von Kleve!«

Johanna schluckte. Augenblicklich hatte sie vor Augen, wie Otto von Kleve ihrem Parzival am Vortag im Verkaufsring zugesetzt hatte. Und auch der nächtliche Besuch im Stall kam ihr sofort wieder in den Sinn.

Die Gegner ritten nebeneinander vor die Tribüne und verneigten sich. Otto lenkte dann sein Pferd auf die eine Seite des Kampfplatzes. Herman aber ließ Parzival nur wenige Schritte gehen und brachte ihn wieder vor dem Zuschauerrang zum Stehen. Genau vor dem Platz, an dem Adelhaid saß. Vor der jungen Edeldame neigte er erneut seinen Kopf mit dem schweren Helm und senkte seine Lanze. Adelhaid erhob sich, löste elegant das seidene Tuch, das sie um ihre Schultern geschlungen hatte, und knotete es an Hermans Lanze. Ein »Ah« und »Oh« ging durch die Menge. Adelhaids Freundinnen steckten die Köpfe zusammen und kicherten. Auch Johanna konnte sich ein Grinsen nicht verkneifen: Herman ging zum Angriff über!

Ihr Bruder ritt in die Bahn. Ganz plötzlich hatte Johanna ein ungutes Gefühl. Sie hätte nicht erklären können, was genau es war, doch sie spürte, dass etwas ganz und gar nicht in Ordnung war.

Die beiden Ritter gaben ihren Pferden die Sporen. Ottos Pferd war genauso träge, wie Johanna vermutet hatte. Doch auch mit Parzival stimmte etwas nicht. Seine Bewegungen waren nicht so harmonisch, wie sie es von ihm kannte. Fast schien es, als wolle er mit dem linken Vorderhuf nicht ebenso kräftig ausgreifen wie mit dem rechten. Jemandem, der Parzival nicht so gut kannte wie sie, wäre die Veränderung vermutlich nicht aufgefallen, doch Johanna fing augenblicklich an, sich Sorgen zu machen.

Ein Knall! Hermans Lanze hatte Ottos Schild getroffen. Punkt! Die Zuschauer brüllten und jubelten.

Erneut ritten die Kontrahenten in die Bahn. Im Galopp brausten sie aufeinander zu. Herman verschmolz mit Parzival, als wären sie eins. Selbst die Unregelmäßigkeit in Parzivals Gang schien ihn nicht zu beeinträchtigen. Es krachte. Dieses Mal hatte Hermans Lanze Ottos Schulter berührt. Nur mühsam hielt dieser sich im Sattel. Das Publikum brach wieder in Begeisterungsstürme aus. Johanna war aufgesprungen, um das Geschehen besser beobachten zu können. Vor Aufregung biss sie sich auf die Unterlippe.

Der dritte Lanzengang. Als Herman zu seinem Platz ritt, kam Johanna Parzivals Schritt vor wie ein leichtes Hinken. Was war denn bloß mit dem Pferd los? Auch Herman hatte jetzt wohl bemerkt, dass Parzival lahmte. Er stützte sich aus dem Sattel, um dem Pferd eine geringere Last aufzubürden. Angesichts der schweren Rüstung, die er trug, war das allerdings wenig erfolgversprechend. Der Herold gab das Kommando für die dritte Runde. Herman und Otto preschten los. Leicht vorgebeugt saßen sie im Sattel, die Lanzen hielten sie gerade aufeinandergerichtet. Im letzten Augenblick senkte Otto seine Waffe ein kleines Stück. Und die Krone auf der Lanzenspitze traf mit voller Wucht Parzivals Brust.

»Parzival, nein!« Johanna schrie auf, als das Pferd zu Boden ging und Herman mit sich riss. Empörtes Raunen erhob sich im Publikum. Was für ein unfairer Stoß! Johanna wollte sich durch die Zuschauer drängen, als ihr Vater nach ihrer Hand griff und ihr Handgelenk hart umfasste. »Bleib hier, Johanna, du kannst jetzt nichts ausrichten. Der Kampf geht weiter.«

Tatsächlich war Otto von seinem Pferd gestiegen, hatte die Lanze zur Seite geworfen und sein Schwert gezogen. Scheinbar geduldig wartete er, bis auch Herman wieder auf die Füße kam, das Schwert in der Hand. Dann kreuzten die beiden Ritter ihre Klingen. Otto kämpfte wie besessen. Er führte sein Langschwert mit enormer Kraft und zielte ausschließlich auf die ungeschützten Stellen an Achsel und Kehle. Doch Herman stand ihm in nichts nach. Schon nach wenigen Augenblicken war dem Publikum klar, dass dieser Kampf kein Schaukampf war. Hier ging es um mehr!

Die Rufe, mit denen die Zuschauer die Kämpfer zunächst angefeuert hatten, verstummten. Gebannt verfolgten sie den erbitterten Kampf der beiden Ritter. Schnell zeigte sich, dass Otto seinem Gegner kräftemäßig unterlegen war. Seine Bewegungen erlahmten und kurz darauf gelang es Herman, dem Gegner mit zwei gezielten Streichen das

Schwert aus den Händen zu schlagen. Trotzig stand Otto vor ihm und starrte ihn an. Doch dann verbeugte er sich sparsam vor Herman, womit er seine Niederlage eingestand. Erneut erscholl ein Jubeln und Johlen.

»Ich muss zu Parzival.« Johanna riss sich von der Hand ihres Vaters los und drängte sich durch die Reihen der Zuschauer. Sie brauchte eine halbe Ewigkeit, um zum Eingang des Turnierplatzes zu gelangen. Mittlerweile war es Rembert mit Peters Hilfe gelungen, Parzival zum Aufstehen zu bewegen und ihn vom Platz zu führen. Sie erreichten die Schranken im selben Augenblick wie Johanna.

»Wie geht es ihm? Hat er ihn schlimm erwischt?« Unsanft schob Johanna ihren Bruder zur Seite, um Parzivals Brust genau betrachten zu können.

»Nicht hier, wo wir allen im Weg stehen«, sagte Peter. »Lass uns erst mal ein Stück zur Seite gehen.«

Sie führten das Pferd, das nur unwillig folgte, an den Rand des Turniertrubels. Endlich erhielt Johanna Gelegenheit, die Verletzung zu untersuchen.

Scharf zog sie die Luft ein, als Peter die Schabracke zur Seite schob.

»Das sieht böse aus.« Eine große blutige Wunde prangte mitten auf Parzivals Brust, Blut lief an seinem Leib herunter und färbte das weiße Fell rot. Was die Lanze an inneren Verletzungen verursacht haben mochte, wollte Johanna sich lieber nicht ausmalen.

»Wir müssen ihn in den Stall bringen, damit ich ihn versorgen kann«, ordnete sie im Befehlston an.

Rembert musterte Johanna abschätzig. Er war es nicht gewöhnt, dass ein Mädchen sich anmaßte, ihm Befehle zu erteilen.

Doch Peter zuckte nur ergeben mit den Schultern. »Wenn sie es sagt.«

7

»Ich brauche heißes Wasser und Leinen.« Ohne aufzublicken, rief Johanna Michel ihre Anweisungen zu.

Michel war ebenfalls am Turnierplatz gewesen und nach dem Unfall sofort zu Parzival geeilt, den er nur wenig später als Johanna erreichte. Rembert, Hermans Knappe, übergab dem Stallknecht dankbar Parzivals Zügel; er wollte den Fortgang des Turniers nicht verpassen.

Von Michel und Johanna ließ Parzival sich widerstandslos in den Stall bringen. Mit geübten Griffen sattelte Michel ihn flink ab und rieb ihn trocken, während Johanna dem Pferd beruhigende Worte zuflüsterte und unablässig über seine Stirn strich.

Dann rannte Michel los, um aus der Küche einen Eimer heißes Wasser und Leinentücher zu holen. In Windeseile kehrte er zurück. Johanna reinigte vorsichtig die Wundränder, um die Schwere der Verletzung besser einschätzen zu können. Brav ließ Parzival die Behandlung über sich ergehen.

»Wie sieht es aus?« Peter trat in die Box, nickte dem Stallknecht kurz zu und beugte sich dann zu seiner Schwester hinunter.

»Nicht so schlimm, wie ich zunächst dachte«, erklärte Johanna erleichtert. »Die Wunde ist unschön, aber nicht so tief wie befürchtet. Außerdem hat er Prellungen, aber ich glaube nicht, dass er innere Verletzungen hat. Dafür hält er sich zu wacker.« Und an Michel gewandt, fügte sie hinzu: »Ich brauche mehr reines Leinen. Und versuche, Schafgarbe und Kamille aufzutreiben. Am besten lässt du dir von der Köchin gleich einen Sud kochen, damit ich Parzival eine Kompresse machen kann. Wir wollen ja nicht, dass die Wunde sich entzündet.« Sie war froh, dass Margret, Michels Mutter, ihr die wichtigsten Heilkräuter und deren Verwendung erklärt hatte. Zwar reichte ihr Wissen bei Weitem nicht an das der Kräuterkundigen heran, doch es genügte, um gängige Krankheiten bei Menschen und Pferden zu behandeln.

Erneut stob Michel davon.

»Wo ist Vater?« Johanna wunderte sich, dass Erhard nicht selbst kam, um nach seinem kostbaren Schlachtross zu sehen. Von Verletzungen bei Pferden verstand er mindestens so viel wie sie selbst.

»Er ist auf dem Turnierplatz aufgehalten worden«, erklärte Peter. »Es gab eine unschöne Szene nach dem Zweikampf zwischen Otto und Herman.«

»Das möchte ich meinen«, erwiderte Johanna bissig. »Dachte ich es mir doch, dass der unfaire Angriff gegen Parzival ein Nachspiel haben würde.«

»Nicht ganz. Es war nicht der Lanzenstoß, über den der Streit entbrannte. Vielmehr wollte Otto von Kleve Hermans Sieg für nichtig erklären lassen. Er führte an, er habe Herman aus dem Sattel geworfen, deshalb stünde ihm der Sieg nach Punkten zu.«

»Was?« Johanna starrte Peter an.

Parzival schnaubte empört, weil sie in ihrem Eifer nicht darauf achtete, was ihre Hände taten. »Entschuldige, mein Guter«, raunte sie ihm zu.

»Nun, der Herold war wohl sehr beeindruckt von Ottos edlem Namen und schien gewillt, dessen Einwand nachzugeben«, berichtete Peter.

Johanna schnaufte erbost.

»Doch dann kam Ludwig von Leyenhorst hinzu. Seine Familie ist zwar nicht von so hohem Stand wie Ottos, aber sein Name hat Gewicht an diesem Hof, denn er hat das Ohr des Grafen. Er bat um ein Wort mit Otto. Ich weiß nicht, was er ihm zu sagen hatte, aber nach dem Gespräch kehrte Otto wutschnaubend zurück und erklärte seinen Einwand gegen Hermans Sieg für hinfällig.«

»Ich habe so eine Idee, was sie zu besprechen hatten.« Plötzlich erinnerte Johanna sich daran, wie Otto von Kleve im nächtlichen Stall vor Parzival auf dem Boden gekniet hatte – und an Parzivals lahmenden Gang auf dem Turnierplatz. Sie drückte Peter das blutige Leinentuch in die Hand und bückte sich, um Parzivals linken Vorderhuf zu untersuchen. Willig hob das Pferd das Bein an, als sie ihm über die Fessel strich.

»Ahnte ich es doch!« Johanna richtete sich auf und sah Peter mit einem triumphierenden Ausdruck an. »Da hat sich jemand an Parzivals Huf zu schaffen gemacht. Das Eisen ist gelockert, nur leicht, vermutlich ist es Michel heute Morgen beim Putzen gar nicht aufgefallen. Doch beim Turnier muss es sich durch den scharfen Galopp weiter gelöst haben. Kein Wunder, dass Parzival lahmte. Es ist eher verwunderlich, dass er so gut durchgehalten hat. Das Eisen hat sicher gerieben und ihm Schmerzen verursacht.«

»Und was sagt dir das?«

Schnell berichtete Johanna ihm, was sie am Vorabend im Stall beobachtet hatte.

»Was hattest du denn mitten in der Nacht im Stall zu suchen?«, fragte Peter verwundert. »Na ja, was wohl? Parzivals Nähe und ein bisschen Geborgenheit«, gab er sich selbst die Antwort.

»Das ist doch jetzt gar nicht von Bedeutung«, unterbrach ihn seine Schwester hitzig. »Wir müssen der Turnierleitung melden, dass Otto von Kleve Parzival behindert hat.«

Zu ihrem Erstaunen schüttelte Peter den Kopf. »Nein, das wäre Herman nicht recht. Was wirft das für ein Licht auf ihn, wenn er nach der ganzen Szene, die es bereits gegeben hat, nun mit eigenen Vorwürfen gegen Otto kommt? Und außerdem hat er ja seinen Sieg – und vermutlich auch das Herz der Dame Adelhaid – errungen«, fügte er mit einem schelmischen Grinsen hinzu. »Nein, Johanna, das würde nichts ändern und nur Ärger machen. Wir behalten es besser für uns.«

Sprachlos schüttelte Johanna den Kopf. Das konnte Peter doch nicht ernst meinen. Andererseits war er mit dem Leben an diesem Hof viel vertrauter als sie. Wenn er sagte, es war richtig, zu schweigen, mochte das stimmen.

»Ein Sud aus Schafgarbe und Kamille, dazu frisches Leinen.« Michel kam zurück in den Stall und überreichte Johanna einen kleinen tönernen Krug. »War gar nicht so leicht, das so schnell zu beschaffen. Aber ich habe die Küchenmagd mit meinem Charme um den Finger gewickelt, da hat sie sich ein bisschen ins Zeug gelegt.« Michel wackelte anzüglich mit den Augenbrauen.

Peter stöhnte, aber Johanna ignorierte Michels Gehabe und machte sich wieder an die Arbeit.

Sie tränkte das Leinen mit dem aromatisch riechenden Sud, dann drückte sie es auf die gereinigte Wunde und wickelte einen langen Leinenstreifen um Parzivals Brust und Hals. »Wollen wir hoffen, dass es hält. Und dass es eine Entzündung verhindern kann. Sonst nimmt das Ganze doch noch ein böses Ende. Am Turnier kannst du jedenfalls nicht mehr teilnehmen, mein Schöner.« Liebevoll kraulte sie das Pferd hinter dem linken Ohr.

»Das zumindest ist nicht so schlimm«, hörte sie wieder Peters Stimme, »mal davon abgesehen, dass Herman nun ein anderes Pferd reiten muss. Immerhin hat Ludwig von Leyenhorst unserem Vater bereits zugesagt, dass er Parzival trotz der Verletzung kaufen wird. Zumindest dann, wenn es dir gelingt, ihn vollständig wiederherzustellen.«

»Das dürfte kein Problem sein«, gab Johanna kurz angebunden zurück. »Spätestens in zwei Wochen ist er wieder ganz der Alte.« Sie biss sich auf die Unterlippe, um Peter und Michel nicht sehen zu lassen, dass diese plötzlich begonnen hatte zu zittern.

Die beiden bemerkten es natürlich trotzdem.

»Es tut mir leid«, sagte Peter und legte ihr mitfühlend den Arm um die Schulter.

Unwillig schüttelte Johanna ihn ab. »Nun geh schon und bring Vater die guten Neuigkeiten«, forderte sie ihren Bruder auf. Und Michel wies sie schroff an: »Lauf und such den Schmied. Parzival braucht möglichst schnell ein neues Eisen.«

Die beiden jungen Männer wandten sich gleichzeitig um und tauschten ein wissendes Grinsen. Sie waren von unterschiedlichem Stand, doch hatten sie in der Kindheit viele Stunden gemeinsam bei den Pferden verbracht und zusammen gespielt. Sie kannten sich gut. Und noch besser kannten sie Johanna. Deshalb wussten sie, dass sie sich nur so schroff gab, um dahinter ihre Traurigkeit zu verbergen.

Als die beiden verschwunden waren, schmiegte Johanna sich an Parzivals Hals und legte behutsam den Arm um seinen Kopf. »Noch zwei Wochen, immerhin«, murmelte sie. »Aber gesund werden musst du trotzdem, auch wenn dieser Ludwig dich mir dann wegnimmt.«

8

»Brid!« Johannas Ruf verhallte ungehört in den leeren Gängen des Wohnturms. Wütend knallte sie die Tür zu ihrer Kammer zu. »Wo, zum Henker, steckt diese nichtsnutzige Magd?«, grummelte sie und war froh, dass niemand ihr Fluchen hörte.

Von der Burgkapelle drang der Klang der Glocke herüber, die zur Vesper läutete. So spät schon! Und dabei war Johanna noch nicht einmal umgezogen. Gleich würde das Festmahl in der großen Halle beginnen. Nicht, dass sie große Lust hatte, daran teilzunehmen. Aber ihr Vater hatte darauf bestanden und Johanna wusste ja selbst, dass es ihre Pflicht war. Auf keinen Fall wollte sie nun unangenehm auffallen, weil sie zu spät kam.

»Wenn man sie einmal braucht …«, schimpfte sie weiter. »Wahrscheinlich treibt sie sich in der Küche rum, um von den Köstlichkeiten zu stibitzen, die heute Abend aufgetragen werden. Oder sie macht den Knechten schöne Augen. Und lässt mich hier alleine sitzen.«

Hilflos betrachtete Johanna die Kleidungsstücke, die auf dem Bett ausgebreitet lagen. Gerdrud hatte die Sachen ohne ihr Wissen in die Reisetruhe packen lassen. Sie waren neu und ausgesprochen schön, das musste sogar Johanna zugeben. Die Kotte war aus feinster grünblauer Wolle gefertigt, sie war an der Taille eng geschnitten und die schmalen Ärmel wurden mit einer langen Leiste winziger Knöpfchen verschlossen, die mit dem gleichen Stoff überzogen waren. Das Schönste aber war das Surkot aus Seidendamast in einem dunkleren Blauton. Johanna hatte noch nie ein Kleid aus Seide besessen. Fasziniert beobachtete sie, wie die verschlungenen Blumenmuster geheimnisvoll schimmerten.

Tante Gerdrud hatte ein gutes Gespür bewiesen: Johannas bestickter Schmuckgürtel harmonierte ebenso mit den neuen Kleidern wie das Schapel, das Herman ihr mitgebracht hatte. Kurz fragte sie sich, wie es der Tante gelungen war, dem Vater das Geld für die teuren Kleider abzuschwatzen. Doch dann drängte sich wieder eine viel wichtigere Frage in den Vordergrund: Wie sollte sie es schaffen, sie ohne Hilfe anzulegen und zu verschließen?

»Das wirst du mir büßen, Brid«, stieß sie hervor. Die Drohung brachte die Magd natürlich auch nicht herbei. Noch immer wütend, verließ Johanna die Kammer und blickte sich suchend auf dem Gang um. Ein Page bog eilig um die Ecke und Johanna hielt ihn auf. »Sag, wo finde ich Adelhaid von Lichtenau?«

Der Junge deutete mit dem Kopf unbestimmt in eine Richtung und forderte sie dann auf, ihm zu folgen. Zusammen gingen sie eine Treppe hinunter und einen weiteren Gang entlang, schließlich blieb er vor einer verschlossenen Tür stehen, hinter der leises Gelächter zu hören war.

»Hier ist das Damengemach, Fräulein.« Johanna nickte ihm dankend zu und der Page verschwand.

Zögernd klopfte sie. Als niemand antwortete, drückte sie die Tür vorsichtig auf. Augenblicklich verstummte das Gespräch und sechs Augenpaare sahen die Eingetretene fragend an. Die drei jungen Edelfrauen, die sich das Gemach teilten, standen mitten im Raum, während ihre Mägde letzte Hand an die Festtagsgarderobe legten. Adelhaid war die Erste, die ihre Sprache wiederfand. Mit flinken Schritten trat sie auf Johanna zu, sehr zum Unwillen ihrer Magd, die gerade eine Haarnadel in die zu Schnecken gedrehten Zöpfe stecken wollte.

»Johanna, was ist mit Euch?«, fragte Adelhaid freundlich. »Ihr seht« – sie suchte nach den richtigen Worten – »noch nicht so recht vorbereitet aus.«

Die beiden anderen Edeldamen und die Mägde kicherten.

Johanna schoss das Blut ins Gesicht, ob vor Wut oder Scham wusste sie selbst nicht so genau. »Ich …«, stotterte sie, »… ich wollte fragen, ob mir eine Eurer Mägde beim Ankleiden behilflich sein könnte.« Es kostete sie große Überwindung, aber sie hatte keine Wahl.

Adelhaids freundliches Lächeln wurde noch eine Spur breiter. »Aber sicher. Ich bin ohnehin gleich fertig. Dann könntest du doch sicher auch Johanna von Eckstein noch helfen, nicht wahr, Gret?«

Die Magd antwortete mit einem unbestimmten Grummeln.

»Ein wahrer Sonnenschein, unsere Gret«, sagte Adelhaid an Johanna gewandt. »Aber sie weiß mit Haarnadeln und Zierrat umzugehen.«

Adelhaids elegante Erscheinung und besonders die kunstvoll hochgesteckten Haare legten Zeugnis von Grets Fähigkeiten ab. Dankbar erwiderte Johanna Adelhaids Lächeln. Sie wollte sich schon umdrehen, als diese plötzlich vorschlug: »Ich begleite Euch. Dann kann ich selbst darauf achten, dass Gret die gebührende Sorgfalt walten lässt.«

Grets säuerlicher Gesichtsausdruck ließ darauf schließen, dass sie tatsächlich vorgehabt hatte, es an derselben mangeln zu lassen.

Johanna nickte Adelhaid noch einmal dankbar zu. »Gern.«

So kam es, dass Adelhaid von Lichtenau auf der Kante von Johannas Bett Platz nahm, während die Magd Gret diese in die neuen Kleider steckte. Zunächst zog Johanna ein leinenes Unterhemd an, darüber folgte die neue Kotte. Gret musste ein wenig ziehen und zupfen, bis das eng geschnittene Kleid überall richtig saß. Mit geschickten Fingern schloss sie die Knöpfchen, die sich eng an eng an beiden Ärmeln bis zum Ellenbogen reihten. Unsicher schaute Johanna an sich hinunter. Bereits jetzt fühlte sie sich edler gekleidet, als sie es in ihrem ganzen Leben bisher gewesen war! Da blieb ihr Blick an ihren Händen hängen. Die Haut war von der Sonne gebräunt und durch den häufigen Umgang mit Pferdebürsten und ledernem Zaumzeug längst nicht so glatt, wie es sich für die Hände einer Edeldame gehörte. Ein schneller Seitenblick auf Adelhaids Hände, die ruhig in deren Schoß ruhten, bestätigte Johannas Befürchtung: Sie waren weiß und zart. Doch Adelhaid schien ihre Sorgen nicht zu bemerken.

»Das Blau dieses Surkots passt wunderbar zur Farbe Eurer Augen.« Bewundernd strich sie über das Überkleid, das neben ihr auf dem Bett lag.

Johanna lächelte gequält. Das Kompliment erinnerte sie daran, was ihr Bruder Herman gesagt hatte, als er ihr das neue Schapel überreichte.

»Eine wirklich schöne Seide«, fuhr Adelhaid unbeirrt fort. »Welcher Tuchhändler hat Euch beliefert?«

Johanna zuckte mit den Schultern, was ihr ein ärgerliches Grummeln von Gret einbrachte.

»Ich weiß es nicht«, musste Johanna zugeben. Tatsächlich hatte sie sich noch nie Gedanken darüber gemacht, woher Gerdrud eigentlich die Stoffe und Materialien für die feinen Kleider bezog, die sie selbst so gern trug. Eines meiner vielen Versäumnisse, dachte sie, denn sie wusste genau, dass es zu den Aufgaben einer angehenden Burgherrin gehörte, über derlei Dinge im Bilde zu sein.

Gret holte den Schmuckgürtel und legte ihn Johanna um die Hüfte, daran befestigte sie den bestickten Stoffbeutel, der das Besteck und andere Habseligkeiten enthielt. Schließlich half sie ihr, in das Surkot zu schlüpfen. Durch die tiefen Armausschnitte des Überkleides blitzte der Schmuckgürtel elegant hervor.

Anerkennend nickte Adelhaid mit dem Kopf. »Hübsch. Wirklich hübsch. Ihr werdet gewiss die Aufmerksamkeit aller jungen Ritter auf Euch ziehen.«

Johanna wunderte sich. Das konnte Adelhaid doch nicht ernst meinen! Neben deren makelloser Erscheinung würde sie, Johanna, in jedem noch so hübschen Kleid verblassen. Doch auf Adelhaids Gesicht war kein Spott zu erkennen.

»Wie hätte das junge Fräulein denn gern die Haare?«, ließ Gret sich vernehmen. Die Frage war mehr an Adelhaid als an Johanna gerichtet. »Schnecken, Schaukeln, ein Kranz aus Zöpfen? Ein falsches Haarteil vielleicht?«

»Nein, das wäre eine Schande«, mischte Adelhaid sich ein. »Wer mit solch einer Lockenpracht gesegnet ist, sollte die Haare nicht in Zöpfen bändigen! Wenn du unbedingt flechten willst, dann begnüge dich mit zwei schmalen Zöpfen an der Stirn. Aber ich denke, ein Kamm wird die schönste Wirkung erzielen.«

Also griff Gret zu einem Holzkamm und fuhr Johanna unsanft durch die widerspenstigen Haare. Fest kniff diese die Lippen zusammen, um nicht bei jedem Reißen und Zerren laut zu jammern. Fast konnte man den Eindruck gewinnen, Gret ginge absichtlich besonders grob zu Werke. Doch das Ergebnis konnte sich wirklich sehen lassen! Erstaunt nahm Johanna einige der langen Strähnen in die Hand und befühlte die weiche, glänzende Pracht, die sich um ihre Finger wand.

»Soll ich noch die Brauen zupfen oder den Haaransatz, damit die Stirn etwas höher wirkt?«, fragte die Magd gelangweilt.

Johanna war entsetzt und äußerst erleichtert, als Adelhaid den Kopf schüttelte. »Lass es gut sein für heute, Gret. Wir müssen uns beeilen. Vielleicht beim nächsten Mal.« Federleicht erhob sie sich vom Bett und trat zu Johanna und der Magd. In der Hand hielt sie das Schapel, das als Letztes auf dem Bett gelegen hatte. Eigenhändig drückte sie es Johanna auf die Locken, trat einen Schritt zurück und musterte sie von Kopf bis Fuß.

»Ja, so ist es gut«, beschied sie. »Dann lasst uns gehen.« Ganz selbstverständlich hakte sie ihren Arm bei Johanna unter und zog diese sanft aus der Tür.

9

Mit Adelhaid an ihrer Seite betrat Johanna den großen Saal im Herrenhaus – und kam aus dem Staunen gar nicht mehr heraus. Allein die schiere Größe der Halle überwältigte sie. Zehn Schritte breit und über dreißig lang sei sie, hatte Peter ihr erzählt. Doch Johanna hatte sich keine Vorstellung davon gemacht, wie weit sich die hölzerne, bunt bemalte Decke mit ihren mächtigen, eichenen Tragbalken über den Saal spannte!

Zwei lange Tafeln waren für die Gäste errichtet worden, quer dazu stand auf einem Podest die Ehrentafel. Die weißen Linnen auf den Tischen reichten hinunter bis zum Boden. In großen Leuchtern flackerte eine verschwenderische Anzahl von Kerzen. Silberne Kannen und Salzfässchen waren zum Schmuck und zum Gebrauch auf die Tische gestellt worden. Je zwei Gäste teilten sich eine Platte und einen versilberten Trinkbecher. Für den Grafen und die Gräfin sowie für die hochrangigen Adeligen gab es Pokale aus grünem Glas. Verzückt beobachtete Johanna, wie sich das Licht der Kerzen und

Fackeln, die an den Wänden befestigt waren, in dem zerbrechlichen Material spiegelte

»Oh, wie schön!«, murmelte sie.

»Ja, alle haben sich fein herausgeputzt«, bestätigte Adelhaid, die offenbar glaubte, Johanna bewundere die prachtvollen Gewänder.

Die meisten Gäste – Damen, Ritter und einige Geistliche – hatten sich schon auf ihre Plätze begeben, Graf und Gräfin waren aber noch nicht erschienen. Stimmen schwirrten durch den Saal und verwoben sich mit dem Klang von Flöten, Fiedeln und Trommeln. Die Musiker hatten hinter dem Podest Aufstellung bezogen und unterhielten die Wartenden mit einer schwungvollen Melodie. Pagen liefen zwischen den Tischen hin und her. Aus reich verzierten bauchigen Aquamanilen ließen sie den Gästen Wasser über die Hände laufen und reichten frische Tücher zum Abtrocknen.

Johanna sah sich suchend um. Wo waren bloß ihr Vater und ihre Brüder?

»Darf ich den Jungfrauen ihre Plätze weisen?« Ein älterer Bediensteter verneigte sich vor ihnen. Nach französischer Sitte saßen die Damen mit den Herren an einer Tafel. Verunsichert stellte Johanna fest, dass sie nicht bei ihrem Vater und den Brüdern sitzen würde. Und auch Adelhaid hatte ihren Platz weiter oben an der Tafel.

»Walter von Traubach.« Ihr Tischnachbar zur Linken wurde Johanna vorgestellt. Vage erinnerte sie sich an den Namen aus dem Turnier. Der junge Ritter begrüßte sie höflich, wandte sich aber sogleich wieder der Dame auf seiner anderen Seite zu, die ein ausladendes Dekolleté trug – und eine Hakennase.

»Wibald von Lichtenau.« Johannas Tischnachbar zur Rechten. Das muss Adelhaids Vater sein, schoss es ihr durch den Kopf, der Edelmann war im Alter ihres Vaters. Er trug Kleider aus feinster Seide, die Gugel war mit Pelz gefüttert, der Gürtel aufwendig gearbeitet und mit Edelsteinen verziert. Doch die teure Kleidung konnte nicht über seine wenig stattliche Erscheinung hinwegtäuschen. Das Surkot spannte über einem kugelrunden Bauch, das Gesicht war großporig, das Blau der Augen wässrig. Ihre makellose Schönheit hat Adelhaid wohl eher ihrer Mutter zu verdanken, dachte Johanna belustigt.

»Ihr wart sicher sehr stolz, dass Euer Bruder heute den Turniersieg erringen konnte«, eröffnete Wibald von Lichtenau das Gespräch, ohne sich mit höflichen Floskeln aufzuhalten. »Wobei Stolz natürlich eine Sünde ist, also lasst es mich anders formulieren: Der Turniersieg Eures Bruders hat Euch sicherlich froh gestimmt.«

Johanna schenkte Wibalds Scherz keine Aufmerksamkeit. Das Turnier! Daran hatte sie gar nicht mehr gedacht. Herman hatte gesiegt? Das war ja großartig! Am liebsten hätte sie Wibald mit tausend Fragen bestürmt, doch das wäre nicht ziemlich gewesen.

»Ich habe den Ausgang des Turniers leider verpasst«, antworte sie deshalb nur.

»Was, Ihr wart gar nicht dabei? Dann lasst Euch gesagt sein, dass Euer Bruder mit großer Umsicht gekämpft und wahres Geschick im Umgang mit Schwert und Lanze bewiesen hat.« Wibald von Lichtenau strahlte sie an, als sei Hermans Sieg sein persönliches Verdienst.

Johanna freute sich aufrichtig für ihren Bruder. Über den Sieg. Aber auch über die lobenden Worte. Es konnte sicher nicht schaden, wenn der Vater seiner Angebeteten seine Turnierkünste bewunderte.

»Ah, da kommen Graf und Gräfin. Das wurde auch Zeit, ich verhungere langsam«, beendete Wibald abrupt seinen Bericht, als ein Fanfarenstoß erscholl.

Das Stimmengewirr verebbte, die Musik verstummte, die Gäste erhoben sich. Graf Engelbert und Gräfin Richarda traten zu den Armsesseln, die in der Mitte der Ehrentafel für sie bereitstanden. Zur Feier des Tages trugen beide Kleider im hochmodischen Mi-Parti-Stil, die mittig geteilt waren. Die Gewänder zeigten die Wappenfarben der Grafen von der Mark: gelbgolden auf der einen Seite und mit einem roten und silbernen Schachbrettmuster auf der anderen verziert.

»Sind dem Herrn Graf die edlen Stoffe ausgegangen, dass er schon die Fahnen zu Kleidern umnähen lässt?« Entsetzt schlug Johanna die Hand vor den Mund. Heilige Jungfrau, dachte sie, habe ich das gerade wirklich gesagt? Doch Wibald zwinkerte ihr nur verschmitzt zu, die Augenbrauen akrobatisch in die Höhe gezogen. Erleichtert prustete Johanna laut los. Zum Glück gab Graf Engelbert in diesem Moment das Zeichen zum Auftragen der Speisen. In der regen Betriebsamkeit, die darauf folgte, ging Johannas unpassender Ausbruch von Heiterkeit einfach unter.

»Pasteten vom Wildschwein, Rinderleber, gebratene Äpfel und gedörrte Pfläumchen, Aal im Kräutersud und ein fetter Schinken.« Genüsslich ließ Wibald von Lichtenau den Blick über die voll beladenen Platten schweifen – und über die ausladenden Formen der Magd, die diese gerade auf den Tisch stellte.

Johanna war sich nicht sicher, worauf sich der letzte Punkt seiner Aufzählung bezog. Schinken konnte sie jedenfalls nirgendwo entdecken.

Wibald griff beherzt zu und hatte bereits zwei Pasteten verzehrt, noch bevor Johanna den ersten Bissen im Mund hatte. »Mit der ritterlichen Tugend des Maßhaltens habe ich mich immer am schwersten getan«, gestand er Johanna.

Sie kicherte erleichtert. Wibald nahm es mit dem guten Benehmen offenbar nicht allzu genau! Doch obwohl er ebenso freundlich zu ihr war wie seine Tochter, gelang es ihr nicht, ihre Scheu ganz zu überwinden. Im Gegenteil: Sie fühlte sich unwohl in dieser feinen Gesellschaft. Und obgleich alle um sie herum mit essen, trinken und ihren lautstarken Unterhaltungen beschäftigt waren, hatte sie das Gefühl, beobachtet zu werden. Unsicher schaute sie die Tafel entlang.

Adelhaid saß neben Herman. Die beiden hatten ihre Köpfe einander zugeneigt und schienen in ein angeregtes Gespräch vertieft zu sein. Erhard von Eckstein saß ihnen schräg gegenüber und betrachtete seinen Sohn versonnen, eine Pastete vergessen in der erhobenen Hand. Peter hatte zusammen mit den anderen Knappen am Ende der Tafel Platz genommen. Die Jungen versuchten, sich gegenseitig beim Weintrinken auszustechen, und einige Köpfe glühten bereits leuchtend rot.

Auch Wibald von Lichtenau sprach dem Wein reichlich zu. Nachdem er Johanna höflich den ersten Schluck aus dem gemeinsamen Becher überlassen hatte, leerte er den Rest allein, winkte sogleich wieder einen Pagen herbei und ließ sich nachfüllen.

»Der gräfliche Weinkeller genießt zu Recht einen guten Ruf«, befand der Edelmann. »Und auch bei den Speisen hat Graf Engelbert sich nicht lumpen lassen.«

Auf Johanna wirkte dieses Lob noch stark untertrieben. Auf den ersten Gang folgte der zweite und auch der bestand aus nicht weniger als sechs verschiedenen Gerichten. Knuspriger Kapaun und fette Würste, Wildragout mit Honig, dazu Knoblauchtorte und halbe Eier, gefüllt mit Salbei und Safran, ein Eintopf aus dicken Bohnen, Bratentunke und blaue Soße. Sie hatte noch nie erlebt, dass so viele verschiedene Speisen bei einem einzigen Mahl aufgetragen wurden.

»Fehlt nur noch ein spektakuläres Schaugericht«, bemerkte Wibald, während er ein großes Stück Weißbrot in die Bratentunke stippte.

Wie auf Kommando ertönte ein Trommelwirbel und die breite Tür zum Saal wurde aufgestoßen. Vier Knechte trugen eine riesige Platte herein, auf der ein gebratener Pfau in seinem farbenprächtigen Federkleid thronte. Das Gefieder war so aufgerichtet, als schlüge der Vogel ein Rad. Begeistert klatschten die Gäste in die Hände, einige trommelten gar mit den Fäusten auf die Tische, als die Knechte die Platte auf die Ehrentafel wuchteten: ein wahrhaft gelungenes Schaugericht!

Der Graf nutzte die allgemeine Aufmerksamkeit, um das Wort zu ergreifen. »Und jetzt, ein wenig Unterhaltung«, rief er.

Eine Gauklertruppe stürmte durch die Tür. Die Akrobaten waren kunterbunt gekleidet und vollführten die waghalsigsten Kunststücke. Sie jonglierten mit farbigen Bällen und brennenden Fackeln, schlugen Räder und Salti, einer sprang gar über die Tische, ohne dass ein einziger Becher umfiel. Johanna staunte mit offenem Mund. Die Zuschauer jubelten. Als dann noch ein bärtiger Mann eintrat, der an einer kurzen Kette einen lebendigen Bären führte, kannte die Begeisterung keine Grenzen mehr.

»Lasst ihn tanzen, wir wollen den Bär tanzen sehen!«, riefen die Damen und Herren.

Der Bärenführer zog eine Flöte aus seinem Gürtel und stimmte eine beschwingte Weise an. Behäbig erhob sich das zottelige Tier auf seine Hinterbeine und tapste von einem aufs andere. Lautstark klopften die Anwesenden auf den Tischen den Takt der Melodie mit. Plötzlich fühlte Johanna sich unangenehm berührt. Ob dem Bären das Tanzen wohl gefiel, das so wider seine Natur war? Sie war froh, als die Darbietung ein Ende fand und die Süßspeisen aufgetragen wurden. Marzipan und gezuckerte Früchte, sogar eine kleine Schüssel mit süßem Reis stellte die Magd vor ihr ab. Angesichts dieser Leckereien fand Johanna ihren Appetit schließlich wieder und war enttäuscht, als die Tafeln kurz darauf aufgehoben wurden. Die Knechte nahmen die gedeckten Tischplatten von ihren Böcken und trugen sie aus dem Saal, die Mägde kümmerten sich um die Bänke.

»Zeit zum Tanzen«, erklärte Wibald von Lichtenau unnötigerweise.

Bevor die Musikanten jedoch in die Mitte des Saales treten konnten, ergriff Graf Engelbert das Wort.

»Wir haben noch einen Sieger zu ehren«, verkündete der Graf. »Dem Ritter Herman von Eckstein ist es dank seiner ausgezeichneten Kampfkunst gelungen, den Sieg im heutigen Turnier zu erringen. Als Auszeichnung soll er einen Ring aus der Hand der Gräfin erhalten. Außerdem gebührt ihm die Ehre des ersten Tanzes.«

Applaus erscholl, als Herman an die hohe Tafel trat. Gräfin Richarda erhob sich und begrüßte ihn mit einem huldvollen Lächeln. Auch der Graf wirkte erfreut über den Turniersieg seines Ritters.

Nur Otto von Kleve, der ebenfalls an der Ehrentafel saß, verschränkte demonstrativ die Arme. Er hatte einen Ausdruck auf dem Gesicht, als wäre er Herman am liebsten an die Gurgel gegangen.

Herman verneigte sich tief vor der Gräfin und sank dann auf sein linkes Knie hinunter. Richarda überreichte ihm den goldenen Ring und ging um den Tisch herum, um mit ihm den Tanz anzuführen. Der Graf folgte mit einer hageren Edeldame. Auch die anderen Gäste fanden sich eilig zu Paaren zusammen und versammelten sich in einem großen Kreis.

»Wollen wir?« Wibald von Lichtenau bot Johanna seine Hand. Sie zuckte zurück.

»Ich fürchte, ich bin mit zwei linken Füßen zur Welt gekommen. Ihr hättet keine Freude an einer Tanzpartnerin wie mir«, redete sie sich heraus.

Wibald schien ihr die Ablehnung nicht übel zu nehmen. Eifrig wandte er sich einer anderen Dame zu und dirigierte diese in den Kreis der Tänzer. Johanna blieb alleine zurück.

»Eine Manfredina!«, kündigte der Musikant an, der die Trommel schlug. Das Ensemble stimmte ein langsames Stück an, die Tanzpartner verneigten sich voreinander. Dann schritten sie vorwärts, auf die Fußballen erhoben mit schwebenden Schritten – und der Kreis der Tanzenden umrundete einen unsichtbaren Mittelpunkt. Nach einigen Takten drehten Herman und die Gräfin sich um die eigene Achse. Die anderen Paare machten es ihnen nach und der Kreis bewegte sich in die entgegengesetzte Richtung.

Johanna beobachtete die anmutigen Bewegungen und wippte unruhig auf den Füßen hin und her. Sie wusste nicht, wohin mit sich. Die Musik klang ihr einschmeichelnd in den Ohren, am liebsten hätte sie sich den Tänzern angeschlossen, aber sie traute ihren Tanzkünsten nicht. Natürlich hatte Gerdrud bei ihren Lektionen versucht, der Nichte die Schrittfolgen des höfischen Tanzes beizubringen. Doch wie die meisten Lehrstunden der Tante hatte Johanna auch den Tanzunterricht nur unwillig über sich ergehen lassen, während sie mit dem Kopf bereits bei den Pferden war. Ein wenig bereute sie es nun, nicht besser aufgepasst zu haben.

Die Tanzenden fassten ihre Partner an den Händen und bildeten so eine Vielzahl kleiner Kreise, die sich unabhängig voneinander im exakt gleichen Takt drehten. Plötzlich veränderte die Musik ihren Rhythmus. Statt der sanften Fiedel gaben nun Trommel und Schellen den Ton an.

»Saltarello«, rief der Trommler.

Die Paare lösten sich voneinander, jeder Herr ergriff die Hände zweier Damen, sodass sich eine lange Reihe bildete. Mit hüpfenden Schritten lief Herman voran und führte die Tänzer in engen Kurven aneinander vorbei. Rücken an Rücken, Brust an Brust schlängelten sie sich durch den Saal.

Johanna wich zur Seite, als Wibald von Lichtenau mit ausladenden Bewegungen beinahe gegen sie stieß. Ich muss ein wahrhaft albernes Bild abgeben, wie ich hier so alleine herumstehe und den Tänzern aus dem Weg springe!, schimpfte Johanna im Stillen. Wieder fühlte sie sich beobachtet. Über die Tänzer hinweg erhaschte sie einen Blick auf einen wirren Blondschopf. Ludwig von Leyenhorst. Hatte der Ritter sie etwa angeschaut? Nein, er stand von ihr abgewandt und unterhielt sich angeregt mit vier Edelfräulein, die ihn umzingelten wie das Heer eine belagerte Burg. Ich muss mich getäuscht haben!

»Habt Ihr keine Freude am Tanzen?« Johanna schreckte zusammen, als Adelhaid sie unvermittelt ansprach. Sie war so damit beschäftigt gewesen, ein Loch in den blond gelockten Hinterkopf zu starren, dass sie Adelhaids Erscheinen gar nicht bemerkt hatte.

»Und Ihr?«, antwortete sie, spitzer als beabsichtigt. Adelhaid ließ sich von der bissigen Antwort nicht abschrecken.

»Es gibt nur einen Ritter, mit dem ich heute

Abend zu tanzen wünsche. Und der führt gerade die Gräfin über die Tanzfläche«, entgegnete sie mit einem lieblichen Lächeln.

Johanna schmunzelte. Adelhaids offene Antwort gefiel ihr und ermutigte sie, sich ihr ebenfalls anzuvertrauen. »Ich fürchte, ich kann gar nicht tanzen«, gestand sie.

»Nicht tanzen?«, echote Adelhaid erstaunt. Eine junge Dame, die nicht gelernt hatte zu tanzen, überstieg vermutlich ihre Vorstellungskraft. Doch sie fasste sich schnell. »Tanzen kann man lernen, kaum etwas ist leichter als das«, versprach sie und zog Johanna in eine Ecke des Saales, weg von den anderen Gästen. »Eigentlich beginnt jeder Tanz mit einer Reverenz«, erklärte sie. »Es ist nichts anderes als die Verbeugung, die du auch vor dem Grafen oder einem anderen hohen Herrn ausführst. Schau!«

Zu Johannas Erstaunen schürzte Adelhaid den langen Rock, raffte die Schleppe und zeigte ihr, wie sie das linke Bein nach vorn führen und die Knie beugen musste.

»Den Oberkörper gerade, den Blick gesenkt. Na, geht doch«, ermutigte sie Johanna, die noch etwas steif versuchte, die Bewegung nachzuahmen. Sie war derart mit dem Tanzschritt beschäftigt, dass ihr entging, wie Adelhaid plötzlich zum vertrauten Du wechselte. Erst später ging ihr auf, dass dieser Moment in der hintersten Ecke des Rittersaales wohl der Beginn ihrer Freundschaft gewesen war.

»Wunderbar!« Übermütig klatschte Adelhaid in die Hände, als Johanna in eine formvollendete Reverenz sank. »Deine Balance ist großartig«, lobte sie.

Das muss an dem harten Training auf dem Rücken bockiger Pferde liegen, dachte Johanna, behielt den Gedanken aber lieber für sich.

»Jetzt ein Simpleschritt«, fuhr Adelhaid mit dem Tanzunterricht fort. Sie bewegte ihren linken Fuß nach vorn, stellte ihn mit der Spitze zuerst auf und setzte den anderen daneben. »Siehst du, ganz leicht. Mach drei Schritte, bevor du die Füße schließt und schon beherrschst du den Doubleschritt. Und das Ganze rückwärts ist die Reprise. Bei einem Bassedance kann dir jetzt kaum noch etwas passieren.«

Johanna war sich da nicht so sicher, erwiderte aber tapfer Adelhaids ermutigendes Lächeln. »Deinem Vater werde ich für den Rest des Abends wohl trotzdem besser aus dem Weg gehen. Er scheint mir ein gar zu stürmischer Tanzpartner zu sein.«

Adelhaid kicherte amüsiert, wurde dann aber ernst. »Nachdem das Trauerjahr um ist, genießt er die Zerstreuungen, die das höfische Leben bietet, nun wieder in vollen Zügen.«

»Er war in Trauer?« Johanna wunderte sich.

Kaum ein Mann war ihr bisher so lebenslustig erschienen wie Wibald von Lichtenau.

»Meine Mutter ist letztes Jahr am Lungenfieber gestorben. Aber denk bitte jetzt nicht schlecht, weil mein Vater und auch ich uns bereits wieder so am lustigen Treiben hier erfreuen.« Sie fasste Johannas Hand. »Meine Mutter war eine feine Frau, ich habe sie geliebt und sie fehlt mir. Aber das Leben geht weiter. Nach dem Tod meiner Mutter kam ich als Dame der Gräfin Richarda an den Hof des Grafen Engelbert. Mein Vater muss nun zusehen, dass er eine neue Ehefrau findet. Ich habe fünf jüngere Geschwister, der Kleinste ist gerade erst zwei Jahre alt. Auch für die muss er sorgen.«

Johanna drückte sanft ihre Hand. »Ich denke nicht schlecht von dir oder von deinem Vater. Dazu besteht kein Grund.«

»Hier verbergen sich also die schönsten Damen am gräflichen Hof.« Herman hatte sie in ihrer dunklen Ecke aufgestöbert. Mit einer ungeduldigen Geste strich er sich eine verschwitzte Strähne aus der Stirn. Die Freude über seinen Turniersieg ließ seine Augen noch immer leuchten, die Wangen glühten rosig vom Tanzen.

»Herman, ich freue mich so für dich.« Johanna fiel ihrem Bruder um den Hals. »Meinen Glückwunsch!« In ihrer Begeisterung hatte sie ganz vergessen, dass Herman neuerdings nur noch wenig für so stürmisches Verhalten übrighatte.

Doch Herman war viel zu guter Laune, um Johanna zu tadeln. Nachsichtig löste er sich aus ihrer Umarmung, stellte seine kleine Schwester wieder auf die Füße und deutete eine Verbeugung an. »Ich danke dir.« Dann verneigte er sich tiefer vor Adelhaid. »Fräulein Adelhaid, gewährt mir bitte die Ehre des nächsten Tanzes.« Er bot ihr den ausgestreckten Arm und sie legte ihre schmale weiße Hand auf seine breite.

»Gern, Herr Ritter.« Mit einem Verschwörerblick auf Johanna folgte Adelhaid Herman.

Diese blieb einmal mehr alleine zurück. Doch empfand sie das nicht mehr als unangenehm. Mit einem warmen Gefühl in der Brust sah sie ihrem Bruder und der neu gewonnenen Freundin hinterher.

Aus dem Kreis der Tänzer löste sich eine Gestalt und schien zielstrebig auf Johanna zuzusteuern. Schon wieder Ludwig von Leyenhorst! Hektisch suchte sie nach einem Fluchtweg. Diesem Mann wollte sie lieber nicht begegnen. Aber sie hatte sich ohnehin getäuscht. Ludwig führte eine Schönheit mit tollkühner Hochsteckfrisur und dunkelrotem Kleid zur Tanzfläche. Was sollte ein Mann, dem die

Damen derart zufliegen, auch ausgerechnet von mir wollen?, schalt Johanna sich für ihre voreilige Panik.

»Wollt Ihr Eure beiden linken Füße nicht doch zum Tanz bewegen? Ich schätze, mit meinen Tanzkünsten könnt Ihr es inzwischen allemal aufnehmen.« Wibald von Lichtenaus schwankender Gang ließ darauf schließen, dass er die Weinvorräte des Grafen weiter ordentlich verringert hatte.

Johanna lachte. »Aber sicher, Herr von Lichtenau, wenn Ihr darauf besteht.«

An der Seite des älteren Edelmannes reihte sie sich in die Schar der Tänzer ein. Fröhlich überließ sie sich dem mitreißenden Rhythmus der Musik. Das vage Gefühl, dass jemand sie beobachtete, tat sie als Hirngespinst ab.

10

Es dauerte drei Tage, bis Parzivals Wunde so weit verheilt war, dass sie die Heimreise mit dem Hengst antreten konnten. Graf Engelbert gewährte ihnen so lange gern seine Gastfreundschaft. Viele der anderen Ritter und Edelleute reisten am Tag nach dem Turnier wieder ab, sodass es auf Blankenstein spürbar ruhiger wurde.

Johanna verbrachte den Großteil ihrer Zeit bei Parzival, legte frische Kompressen auf, wenn die alten getrocknet waren, und genoss es, unverhofft ein paar weitere Tage mit dem Pferd verbringen zu können, bevor sie sich für immer von ihm trennen musste. Die teils abschätzigen, teils spöttischen Bemerkungen der Pferdeknechte des Grafen lernte sie schnell zu ignorieren.

Noch immer ein bisschen unwillig nahm sie jeden Abend am Essen in der Halle teil. Die täglichen Speisen waren bei Weitem nicht so üppig wie bei dem Festmahl und trotzdem übertrafen sie alles, was Johanna bisher auf Eckstein erlebt hatte.

Es dauerte nie lange, bis sich Adelhaid und ihr

Vater zu Johannas Familie gesellten. Johanna war sich nicht sicher, was sie davon halten sollte. Eine Freundin in ihrer Nähe zu haben, erfreute sie sehr und vermittelte ihr ein Gefühl von Geborgenheit. Was Wibald von Lichtenau betraf, so hatte sie hingegen keine Ahnung, wie sie sich verhalten sollte. Wann immer er Johanna begegnete, wich er nicht von ihrer Seite, unterhielt sie mit lustigen oder spannenden Geschichten und brachte sie zum Lachen, indem er sein Gesicht zu irrwitzigen Grimassen verrenkte. Doch auch wenn sie den älteren Edelmann sehr unterhaltsam fand, hatte sie ein ungutes Gefühl dabei.

Was wollte Wibald bloß von ihr?

Immerhin hatte sie nicht mehr ständig den Eindruck, beobachtet zu werden. Am ersten Abend schaute sie sich noch unsicher um, konnte aber keine neugierigen oder gar missbilligenden Blicke entdecken. Und auch der wirre Blondschopf schien verschwunden zu sein. Umso besser, dachte Johanna. Ich werde ihn früher wiedersehen, als mir lieb ist, dann nämlich, wenn er nach Eckstein kommt, um Parzival abzuholen.

»Mein Vater billigt die Verbindung.« Adelhaid hüpfte aufgeregt neben Johanna her. So hibbelig hatte sie die sonst so besonnene Freundin noch nicht erlebt. Gleich nach der Frühmesse hatten die beiden den Weg nach Blankenstein eingeschlagen, um noch einmal auf den Jahrmarkt zu gehen. Es war der letzte Tag vor Johannas Abreise. Und auch der Graf und sein Gefolge wollten am nächsten Tag auf die Burg bei Hamm zurückkehren, den Hauptwohnsitz der Grafen von der Mark.

»Das ist ja großartig!« Johanna verkniff sich die Bemerkung, dass ihr das schon längst klar gewesen war. Nicht nur, dass Wibald von Lichtenau seit dem Turnier ständig voll des Lobes über Herman sprach. Er hatte außerdem zunehmendes Interesse an der Pferdezucht auf Eckstein entwickelt und war darüber mit ihrem Vater ins Gespräch gekommen. Gut möglich, dass die beiden dabei nicht nur über die Pferde geredet hatten … Und außerdem: Herman und Adelhaid waren von gleichem adeligen Stand. Was lag also näher, als die Verbindung mit einer Heirat zu besiegeln?

»Wir werden bald Schwestern sein.« Adelhaid jubilierte.

Darüber hatte Johanna allerdings noch nicht nachgedacht. Es stimmte: Sie hatte nicht nur in kürzester Zeit eine Freundin, sondern auch eine Schwester gewonnen! Das war eine ungewohnte Vorstellung für ein Mädchen, das alleine mit drei Brüdern groß geworden war. Fröhlich ergriff sie

Adelhaids Hand. »Das sollten wir feiern. Wie wäre es mit einem Schmalzkringel für jede von uns?« Johanna hatte längst bemerkt, dass Adelhaid eine Schwäche für alle Sorten von Süßwaren hegte. Wurde an der Tafel des Grafen Süßes aufgetragen, entwickelte Adelhaid einen derart großen Appetit, dass Johanna staunte, wie sie dabei so gertenschlank blieb.

»Schmalzkringel, mhmhmmm«, machte Adelhaid prompt.

Hand in Hand traten die beiden jungen Frauen zwischen die Marktstände und begaben sich auf die Suche nach der Bude eines Bäckers. Es herrschte längst nicht mehr so großes Gedränge wie am ersten Tag. Diejenigen Händler, die ihr Geld mit Waffen, Sätteln und anderem Lederzeug verdienten, waren gleich nach dem Turnier weitergezogen. Auch die Tuchhändler hatten sich wieder auf den Weg gemacht, nachdem alle Edeldamen und Bürgersfrauen gekauft hatten, was sie benötigten. Der Markt glich nun mehr einem einfachen Wochenmarkt. Bauern boten ihr Obst feil, Fleischer verkauften, was sie frisch geschlachtet hatten, und statt teuren Gewürzen aus fernen Ländern gab es Kräuter aus den heimischen Beeten.

Einige Fahrende waren aber noch geblieben, wie Johanna feststellen musste, als ihr von hinten ein

Äffchen auf die Schulter sprang. Erschrocken schrie sie auf.

»Nun, edles Fräulein, noch immer so schreckhaft?« Der Spielmann, dem sie auf der Hinreise begegnet waren, trat zu den beiden jungen Frauen, streckte seinen Arm aus und das Äffchen kletterte behände zurück auf die Schulter seines Herrn.

»Wie kannst du es wagen, eine Edeldame so zu ängstigen?«, fragte Adelhaid streng.

Eine kleine Gruppe von schaulustigen Bauern und Bürgern hatte sich um sie geschart, angelockt von Johannas Schrei und Adelhaids lauten Worten.

»Verzeiht, wenn mein kleiner Gefährte Euch Unbehagen bereitet hat.« Der Spielmann grinste. Er hatte erreicht, was er beabsichtigte, die Aufmerksamkeit seiner Zuschauer war ihm nun gewiss. »Lasst mich Euch von der Liebe singen. Denn sie kann süß sein wie Honig aber auch tückisch wie das Feuer. Einmal entfacht, brennt sie nach ihren eigenen Gesetzen. Hört also die Weise von Tristan und Isolde!«

Adelhaid wollte Johanna weiterziehen, doch diese hielt die Freundin zurück. Sie hatte nun einmal eine Schwäche für gute Geschichten – und dieser Spielmann schien sich aufs Erzählen zu verstehen. Mit samtiger Stimme sang er von Tristan, dem

Ritter, der die schöne Königstochter Isolde zu seinem Herrn führen sollte. Durch einen Liebestrank aber entbrannten Tristan und Isolde in tiefer Liebe füreinander. Das konnte nicht gut gehen. Am Ende mussten die Liebenden sterben.

Einige Bäuerinnen liefen weiter, eine derartige Unterhaltung war nicht nach ihrem Geschmack. Johanna aber lauschte gebannt bis zum Schluss und klatschte begeistert in die Hände.

»Nun hast du mich für den Schrecken angemessen entschädigt«, stellte sie fest, kramte in ihrem Beutel und warf dem Spielmann eine Münze zu. Das Äffchen fing sie geschickt auf und ließ sie dem Spielmann in die geöffnete Hand fallen.

»Habt Dank«, rief er ihnen nach, als sie sich schon entfernten. »Und mehr Glück in der Liebe, wünsche ich Euch, als es Tristan und Isolde beschieden war!«

»Das werde ich haben«, sagte Adelhaid inbrünstig.

Johanna lachte. »Und mir ist es gleich. Ich werde mich ohnehin nie verlieben! Ich will bloß hoffen, dass mein Vater es nicht eilig hat, mich zu verheiraten.«

Schließlich fanden sie den Stand eines Bäckers, der ihnen die gewünschten Schmalzkringel verkaufte. Genüsslich kauend, schlenderten sie zurück zur Burg, redeten über dies und das und freuten sich, dass die Trennung am nächsten Tag nicht von langer Dauer sein würde. Denn Adelhaid sollte schon in Kürze mit ihrem Vater nach Eckstein kommen. Wibald wollte mit Erhard über die Mitgift und den Ehevertrag verhandeln. Und er wollte sich die Pferdezucht anschauen.

11

Die Heimreise war für Parzival beschwerlich, mit gesenktem Kopf trottete er neben Michel her. Immer wieder sah Johanna sich besorgt nach ihm um. Mehrmals mussten sie rasten. Erhard von Eckstein war dumpfer Stimmung und wortkarg, die unfreiwillige Verlängerung ihres Aufenthaltes auf Burg Blankenstein hatte ihm nicht zugesagt. Johanna war froh, dass sie nicht alleine reiten mussten. Graf Engelbert hatte Herman für weitere Tage freigestellt, damit er seinen Vater und seine Schwester nach Hause begleiten konnte, und auch Peter durfte sich anschließen.

Kurz nachdem sie Blankenstein verlassen hatten, lenkte Peter seinen Hengst neben Johannas Pferd – und so beließen sie es für den Rest des Weges. Johanna freute sich, den Bruder an ihrer Seite zu haben, denn im Gespräch mit ihm wurde ihr die Zeit nicht lang.

»Wie hat dir dein erster Aufenthalt am gräflichen Hof denn nun gefallen?«, erkundigte sich Peter nach einer Weile.

Johanna druckste ein wenig herum, um die richtigen Worte zu finden. »Besser als gedacht«, gestand sie schließlich. »Der Jahrmarkt war großartig, das Turnier spannend und das Festmahl weniger schlimm, als ich befürchtet hatte. Wenn Parzival nicht verletzt worden wäre, hätte ich richtig Freude daran gehabt. Und Adelhaid«, fügte sie hinzu, »ist wirklich sehr nett.«

Peter grinste. »Ja, das ist sie. Man fragt sich, was eine solch edle Jungfrau an unserem Herman findet.«

Sie lachten gemeinsam.

»Sag mal«, gab Johanna dem Gespräch eine neue Wendung, »dieser Ritter, der Parzival kaufen will …«

»… Ludwig von Leyenhorst«, unterbrach Peter sie.

»… genau der. Du sagtest, er habe das Ohr des Grafen. Was meintest du damit? Ist er so einflussreich? Oder einfach nur reich?«

»Oh, vermögend ist er«, antwortete Peter, wie immer bestens informiert. »Seine ganze Familie ist an der Pest gestorben, musst du wissen. Ludwig hatte drei ältere Brüder, er sollte eigentlich die kirchliche Laufbahn einschlagen. Doch dann starben Vater, Mutter und Geschwister. Und plötzlich war er der Erbe von Leyenhorst. Da war er gerade sechzehn und hatte den Großteil seines Lebens hinter Klostermauern verbracht. Der Graf, der ja nur vier Jahre älter ist, gab Ludwig einen Vormund, der den Besitz bis zu dessen Volljährigkeit verwalten sollte. Ludwig selbst holte er an seinen Hof, um in aller Eile einen Ritter aus ihm zu machen.«

»Das war sicher nicht leicht für ihn.« Johanna nahm die Zügel kürzer, weil ihr Zelter anfing, sich für das Gras am Wegrand zu interessieren.

»Das kannst du mir glauben. Die anderen Knappen haben es ihm angeblich so schwer gemacht wie irgend möglich. Als ich zwei Jahre nach Ludwig an Engelberts Hof kam, war Ludwig noch immer nur ein leidlicher Schwertkämpfer, doch auf die Pferde verstand er sich bestens. Beim Reiten konnte ihm nicht einmal Herman etwas vormachen.« Peter schmunzelte bei der Erinnerung an die gewagten Rennen, die die beiden sich geliefert hatten. »Ludwig sitzt auf dem Pferd, als wäre er mit ihm verschmolzen. Das gefällt unserem Reitergrafen natürlich. Was er jedoch vor allem an Ludwig von Leyenhorst schätzt, ist dessen Besonnenheit. In politischen Fragen ist er ihm stets ein guter Ratgeber. Aber warum interessierst du dich so für Herrn von Leyenhorst?«

»Ach, nur so«, antwortete Johanna ausweichend. Sie wusste es selbst nicht genau. Peters Bemerkung am Tag des Turniers hatte sie einfach neugierig gemacht.

Sie erreichten Eckstein erst weit nach Einbruch der Dunkelheit, die Bewohner der Burg hatten sich längst zum Schlafen gelegt. Michel und Jost brachten die Reitpferde sowie Parzival in den Stall oben auf der Burg und versorgten sie dort.

»Sieh zu, was du in der Küche Gutes für uns findest«, wies Erhard die Magd an. Brid rieb sich müde die Augen, sie war auf dem holpernden Wagen eingeschlafen. Gähnend lief sie Richtung Küchenhaus davon. Immerhin hat Brid schon etwas Schlaf bekommen, dachte Johanna neidisch. Sie selbst konnte die Augen kaum mehr offen halten. Doch ihr Vater bat sie und die Brüder, ihn noch in seine Kammer zu begleiten.

Leise schlichen sie durch die Halle an den Schlafenden vorbei, die sich dort am Boden ausgestreckt hatten. Kaum hatten sie das geräumige Gemach des Vaters betreten, kam auch schon Brid mit einer Platte voll kaltem Braten und nicht mehr ganz frischem Brot. In der anderen Hand trug sie einen Krug Wein. Sie nahm vier Zinnbecher vom Wandbord, schenkte ein und wünschte allen eine gute Nacht.

Erhard von Eckstein ließ sich in einen der Sessel

fallen und griff nach seinem Becher. Er sieht auf einmal so alt aus, dachte Johanna, so kannte sie ihren Vater gar nicht. Sicher kam das nur von der langen Reise und den anstrengenden Tagen auf Blankenstein. Sie nahm sich Brot und Braten und rutschte damit auf die Truhe neben Peter.

»Ich wollte euch berichten, dass die Geschäfte in Blankenstein gut gelaufen sind. Besser als erwartet, möchte ich sagen. Es scheint wieder ein größeres Interesse an edlen Rössern zu bestehen. Besonders für Parzival haben wir ein herausragendes Gebot bekommen. Und ich möchte, dass ihr alle Ludwig von Leyenhorst mit besonderer Zuvorkommenheit begegnet, wenn er in einigen Tagen hier eintreffen wird, um das Pferd abzuholen.« Dabei schaute er Johanna besonders eindringlich an.

Ich werde mich schon zu benehmen wissen, dachte diese trotzig und biss ein besonders großes Stück vom Braten ab. Etwas Bratensaft lief ihr über das Kinn.

»Unsere Gastfreundschaft wird in nächster Zeit stark in Anspruch genommen werden«, fuhr Erhard fröhlich fort, »denn Hermans zukünftige Braut wird mit ihrem Vater nach Eckstein kommen. Herman, ich freue mich, dass meine Wünsche den deinen in dieser Angelegenheit entsprechen. Ich denke, dass Wibald von Lichtenau und ich uns schnell einigen werden.« Erhard hob seinen Becher und nahm einen langen Schluck.

»Wenn Durst und Hunger einigermaßen gestillt sind, sollten wir uns zu Bett begeben.« Mit diesen Worten schickte er seine Söhne hinaus – und bat Johanna zu bleiben.

Was jetzt noch, Vater?, fragte sich diese und rief sich die vergangenen Tage in Erinnerung. Hatte sie irgendetwas getan, wofür der Vater sie tadeln wollte? Und hatte das nicht Zeit bis morgen?

»Komm her zu mir, Johanna«, sagte Erhard und rückte den zweiten Sessel neben den seinen an den Tisch. »Es gibt etwas, worüber ich mit dir reden möchte.«

Johanna setzte sich auf die Sesselkante und schaute ihren Vater erwartungsvoll an. Was konnte so wichtig sein?

»Du erinnerst dich vielleicht an das Gespräch, das wir vor unserer Abreise hier in diesem Raum geführt haben. Über das Heiraten …«

Johanna versteifte sich. Doch ihr Vater tat, als habe er es nicht bemerkt.

»Nachdem die Geschäfte wieder besser gehen, müssen wir uns um die angemessene Mitgift ja nun nicht mehr sorgen«, erklärte er.

»Ich brauche keine Mitgift«, erwiderte Johanna heftig. »Denn ich wünsche nicht zu heiraten.«

Der Vater lächelte milde und ein bisschen müde, wie es schien. »Du weißt, dass es Sitte ist, dass der Vater den Gemahl für seine Tochter auswählt. Doch ich kenne dich. Du würdest nicht glücklich werden, wenn man dich zu einer Wahl zwänge. Und dein Glück liegt mir am Herzen. Vielleicht zu sehr. Es war nicht gut, dass ich dich all die Jahre hier bei mir behalten und vor den Augen der Welt verborgen habe. Das war eigennützig. Aber du erinnerst mich so sehr an deine Mutter …«

»Vater, nicht doch.« Johanna wollte solche Selbstvorwürfe nicht hören. Und ganz sicher wollte sie nicht mit ihm über ihre Mutter sprechen, die sie nicht gekannt und doch all die Jahre schmerzlich vermisst hatte. Trotzdem war sie ja immer glücklich gewesen auf Eckstein. Sie wollte nirgendwo anders sein. Auch in Zukunft nicht!

Wieder sprach ihr Vater, als hätte er sie gar nicht gehört. »Ich wollte also zuerst mit dir reden, bevor ich dich einem Mann verspreche.«

»›Zuerst‹? Was soll das heißen?« Johanna sprang auf.

Ohne ein Wort drückte ihr Vater sie sanft auf den Sessel zurück. »Ein Edelmann hat um deine Hand angehalten, liebe Johanna«, sagte er. »Es ist ein guter Mann und ich wäre froh, wenn du ihn zum Gemahl wählen würdest, denn ich weiß, dass er so für dich sorgen würde, wie ein Vater es sich nur wünschen kann.«

»Niemals!« Johanna wollte schon wieder aufspringen, doch die Hand des Vaters auf ihrem Knie hielt sie zurück.

»Hör mich an, Mädchen. Ich habe ihm gesagt, dass ich erst in Ruhe mit dir sprechen wolle, und er hat mir ein Schreiben für dich mitgegeben. Ein Schreiben und dieses wertvolle Geschenk.« Erhard von Eckstein kramte umständlich in seinem Beutel und zog schließlich einen kleinen Gegenstand hervor, der in grüne Seide eingeschlagen war. Daneben legte er einen versiegelten Brief.

»Ich will es nicht und ich werde es nicht nehmen. Du kannst es ihm zurückgeben, wenn du ihn siehst.« Johanna verschränkte die Arme, um ihre Ablehnung zu demonstrieren.

»Das wird nicht mehr lange dauern«, entgegnete dieser. »Denn er kommt hierher. Dann hast du die Möglichkeit, ihn etwas näher kennenzulernen. Nimm so lange wenigstens das Schreiben. Vielleicht enthält es eine Botschaft, die es vermag, dein Herz für diesen Mann zu öffnen.«

»Gewiss wird das keiner Botschaft gelingen können«, erwiderte Johanna bockig. Trotzdem nahm sie den Brief vom Tisch, denn sie wollte ihren Vater nicht über die Maßen erzürnen. Am nächsten

Tag würde sich sicher eine Gelegenheit finden, den Brief ungelesen ins Feuer oder den Abort hinunterzuwerfen. »Darf ich jetzt gehen?«, fragte sie.

»Geh mit Gott, mein Kind«, antwortete der Vater.

Erst als sie schon unter ihre Decke geschlüpft war, fiel Johanna auf, dass der Vater ihr gar nicht den Namen des Edelmannes verraten hatte, der um sie gefreit hatte.

12

»Autsch, Herrgott noch mal!« Jetzt hatte sie sich schon wieder mit der Nadel in den Finger gestochen. Eilig legte Johanna das Nähzeug zur Seite, um das weiße Leinen nicht mit ihrem Blut zu beflecken. Sie steckte den Finger in den Mund und saugte daran.

»Du sollst den Namen des Herrn nicht eitel führen.« Gerdrud hob den Kopf von ihrer Näharbeit und blickte Johanna streng an. Johanna fragte sich, wie es der Tante dabei gelang, die Nadel in gleichmäßigen Stichen weiterzuführen.

Den ganzen Morgen saßen sie nun schon in Gerdruds Kammer und waren damit beschäftigt, Leinentücher zu umsäumen. Der Tante wie auch den beiden Mägden Brid und Anna ging die Arbeit leicht von der Hand. Letztere schwatzten, ohne einmal Atem zu holen, wie es Johanna schien. Sie selbst musste sich so sehr auf die Näharbeit konzentrieren, dass ihre Unterlippe vom vielen Draufherumkauen schon ganz wund war. Sehnsüchtig schaute sie aus dem schmalen Fenster. Das Wetter war noch immer warm und sonnig, eine Wohltat nach dem kühlen, verregneten Sommer. Doch Johanna erschienen die Sonnenstrahlen wie eine Strafe und das fröhliche Zwitschern der Vögel klang höhnisch in ihren Ohren, wenn sie ihm nur hinter den dicken Mauern der Burg lauschen konnte.

Offenbar hatte Gerdrud Wind davon bekommen, dass Erhard erwog, Johanna zu verheiraten. Seit sie aus Blankenstein zurückgekehrt waren, hatte Gerdrud ihre Bemühungen verdoppelt, eine anständige Ehefrau und Burgherrin aus Johanna zu machen. Wer der Mann war, der um ihre Hand angehalten hatte, wusste Johanna immer noch nicht. Natürlich hätte sie einfach ihren Vater fragen können, aber diese Blöße wollte sie sich nicht geben. Den Brief hatte sie schließlich doch behalten. Es wäre ihr zu peinlich gewesen, wenn jemand das Schreiben in die Finger bekommen hätte. Sorgsam hatte sie den Brief auf dem Grund ihrer Truhe verborgen – und dort sollte er, wenn es nach ihr ging, auch bleiben. Ihr genügte es schon, dass sie durch das Verhalten ihrer Tante ständig an die drohende Heirat erinnert wurde.

Johanna wusste nicht mehr, wo ihr der Kopf stand. Ihre Tante schien von früh bis spät Aufgaben für sie zu haben. Und wenn es wirklich keine Arbeiten mehr auf der Burg für sie zu erledigen gab, dann scheuchte sie die Nichte an den Stickrahmen. Der Teppich mit dem Heiligen Georg war noch immer nicht annähernd fertig. Das lag vor allem daran, dass Gerdrud die Stickereien jeden Abend kritisch überprüfte und auftrennte, wenn sie der Begutachtung nicht standhielten. Was meistens der Fall war!

Viel seltener als es ihr lieb gewesen wäre, kam Johanna deshalb dazu, Parzival zu besuchen. Dem Hengst ging es dank Michels umsichtiger Pflege und den Tinkturen, die Michels Mutter Margret für ihn mischte, bereits viel besser. Vor zwei Tagen hatten sie ihn zurück in seine Box im Gestüt gebracht und am Tag zuvor hatte er bereits wieder am Reittraining teilgenommen. Johanna lächelte, als sie sich daran erinnerte, wie ausgelassen und kraftvoll Parzival nach den Tagen der unfreiwilligen Ruhe auf der Koppel herumgesprungen war.

»Träumst du am helllichten Tage?«, vernahm sie Gerdruds tadelnde Stimme. »Ich glaube kaum, dass dieses Leinen schon fertig umsäumt ist.«

Johanna nahm den Finger aus dem Mund, sofort bildete sich auf der Kuppe ein neuer Blutstropfen. Demonstrativ streckte sie ihn Gerdrud hin. »Ich will Euch das schöne Leinen nicht mit meinem Blut verderben«, entgegnete sie.

Die Tante seufzte vernehmlich. »Um der Liebe Christi willen, dann lass die Näharbeit für heute ruhen. Vielleicht magst du uns stattdessen mit einer erbaulichen Erzählung die Zeit vertreiben?«

Eine Geschichte. Na gut. Das war schon eher nach Johannas Geschmack. Aber was sollte sie der Tante und den beiden Mägden erzählen? Ihr fiel das traurige Ende von Tristan und Isolde ein, das der Spielmann in Blankenstein so eindrucksvoll wiedergegeben hatte. Doch das war sicher nicht das, was Gerdrud erwartete. Vermutlich wollte die Tante lieber eine lehrreiche Heiligenlegende von ihr hören.

Kräftiges Klopfen unterbrach Johannas Gedanken. Die anderen Frauen sahen von ihrer Arbeit auf, als die Tür aufgestoßen wurde und Peter den Kopf hereinstreckte.

»Verzeiht die Störung, aber Vater möchte, dass ihr herunterkommt und unsere Gäste begrüßt.«

»Gäste?« Johanna sprang auf. »Sind sie endlich da?«

»Johanna, mäßige dich«, ermahnte die Tante sie.

Doch Johanna lief bereits zur Tür.

»Und, wie ist es dir ergangen, seit wir uns auf Blankenstein zuletzt gesehen haben?«, fragte Johanna. Sanft massierte sie Adelhaids Schultern, wohlig schloss die Freundin die Augen. Wie es der Gastfreundschaft entsprach, hatte Gerdrud den Gästen zunächst ein Bad bereiten lassen. Johanna hatte sich sofort erboten, sich um Adelhaid zu kümmern. Für die Freundin versah sie gern die Pflichten, die ihr als Tochter des Burgherrn ohnehin zukamen.

Die Mägde hatten einen Holzzuber in Johannas Kammer geschleppt. Nun saß Adelhaid bis zu den Schultern im warmen Wasser, Blütenblätter trieben auf der Oberfläche und verbreiteten einen angenehmen Duft. Gerdrud hatte auch ein Kännchen mit Rosenöl bereitgestellt. Das Öl sollte den Haaren mehr Glanz und Geschmeidigkeit verleihen, wie sie Johanna noch erklärt hatte. Nicht dass Adelhaid das nötig hätte, dachte diese. Trotzdem ließ sie einige Tropfen in ihre Hand laufen und knetete sie der Freundin in die langen blonden Haare.

»Es war schön daheim«, nahm Adelhaid das Gespräch wieder auf, nachdem Johanna ihr das Haar ausgespült hatte und es dann mit einem Kamm bearbeitete.

»Meinen Geschwistern geht es gut, auch wenn sie so wie ich unsere Mutter vermissen. Doch vermutlich hätte ohnehin nichts und niemand meine gute Laune zerstören können. Ach, Johanna, ich bin noch immer so froh! Ich kann es kaum erwarten, dass Herman mich zur Frau nimmt!«

Johanna freute sich für Adelhaid, auch wenn sie deren Hochstimmung nicht so recht verstand. Was sollte so großartig sein am Heiraten? Und obgleich sie wusste, dass es nun einmal der vorgezeichnete Lebensweg für jede Frau war, war sie dennoch fest entschlossen, diesem Schicksal zu entgehen.

»Und hast du schon dein Brautkleid genäht?«, fragte sie mehr aus Höflichkeit als aus Interesse.

»Stell dir vor, das habe ich. Mein Vater hat heimlich auf Blankenstein den Stoff dazu gekauft. Nun ist es fast fertig, es fehlen nur noch die Stickereien. Vielleicht magst du mir ja helfen?«

Johanna schnaubte. »Lieber nicht, ich würde dir dein schönes Kleid verderben.« Sie reichte Adelhaid ein Leinentuch, damit diese sich abtrocknen konnte, bevor sie in die frischen Kleider schlüpfte. »Aber frag ruhig Gerdrud. Die stickt dir dein Kleid schneller fertig, als ich ein Vaterunser sprechen kann.« Johanna half Adelhaid in die Kotte.

»Sie ist deine Tante, nicht wahr? Du hast mir auf Blankenstein gar nichts von ihr erzählt. Sie scheint eine freundliche Frau zu sein.« Adelhaid hielt Johanna ihre Arme hin, damit sie die Ärmel verschließen konnte.

»Sie ist ein Drachen«, entgegnete Johanna heftig.

»Johanna, so etwas solltest du nicht sagen«, ermahnte die Freundin sie sanft, aber bestimmt.

»Und doch ist es so«, verteidigte sich Johanna. »Was ich auch tue, sie hat immer etwas an mir auszusetzen.«

»Wie kommt es eigentlich, dass sie hier auf Eckstein mit euch lebt?« Adelhaid setzte sich auf Johannas breites Bett, das sie für die Dauer ihres Besuches mit der Freundin teilte. Johannas Kammer war nicht geräumig, aber behaglich. Außer dem breiten Bett stand darin eine mit Schnitzereien verzierte Truhe für Kleider und andere Habseligkeiten. In den steinernen Fensternischen lagen dicke Kissen, auf denen man sich bequem niederlassen und das Treiben im Burghof betrachten konnte.

»Das ist eine lange Geschichte, obwohl, eigentlich ist sie ganz kurz erzählt«, erwiderte Johanna. »Meine Mutter starb, als sie meinem Zwillingsbruder Ulrich und mir das Leben schenkte. Kurz darauf verließ auch Gerdruds Ehegatte die irdische Welt. Ich habe einmal gehört, wie mein Vater sagte, er habe sich zu Tode gesoffen.«

Adelhaid zuckte angesichts Johannas schroffer Wortwahl zusammen, bedeutete ihr aber, fortzufahren.

»Ich glaube, Gerdrud war nicht glücklich mit ihrem Ehemann. Und hinterlassen hat er ihr wohl nichts als Schulden. Genaueres weiß ich nicht, so etwas würde sie mir nie erzählen. Aber als mein

Vater sie fragte, ob sie bis zu einer neuen Heirat nach Eckstein kommen wolle, hat sie eingewilligt. Und statt einen neuen Mann zu wählen, ist sie geblieben. Dabei hätte mein Vater sicher die Mitgift für sie aufgebracht.«

»Auf einer so schönen Burg wie der deines Vaters wäre ich wahrscheinlich auch geblieben.«

Johanna freute sich so über das Lob, dass ihr nicht auffiel, wie Adelhaid damit ein Urteil über Gerdrud vermied. »Du hast Eckstein ja noch gar nicht wirklich gesehen«, rief sie und zog Adelhaid vom Bett hoch. »Komm, ich zeige dir alles!«

Nach einem ausgiebigen Rundgang ließ Johanna es sich nicht nehmen, Adelhaid auch ins Gestüt zu führen. Es war bereits später Nachmittag, die Sonne tauchte die Gebäude und den Platz in spätsommerliche Strahlen und verlieh den Holzbauten und dem gelblichen Sand einen warmen Schimmer. Die beiden jungen Frauen traten durch das Eingangstor. Links lag der lang gezogene Stall für die Hengste, rechts im Stall waren die Stuten sowie die Sattel- und Futterkammer untergebracht. Am Kopf der Anlage befand sich ein zweistöckiges Fachwerkhaus. Außer dem Stallmeister Gunter, seiner Frau Margret und ihren Kindern lebten darin auch vier junge Pferdeknechte.

Auf dem Vorplatz herrschte reger Betrieb, denn die Knechte waren gerade dabei, die Pferde von der Koppel zu holen, um sie über Nacht in den Stall zu bringen.

Ängstlich wich Adelhaid zur Seite, als Michel einen Hengst vorbeiführte, der übermütig schnaubte. »Von Pferden verstehe ich rein gar nichts«, gestand sie Johanna. »Ich reite nur, wenn ich muss.«

»Herman wird schon dafür sorgen, dass du Gefallen daran findest«, beruhigte Johanna sie. Dann ging sie mit ihr in den Stall zu Parzival – und schnell war Adelhaids Scheu überwunden. Sie traute sich sogar, den Hengst mit einem Apfel zu füttern.

»Das ist wirklich ein besonders schönes Tier«, stimmte sie Johanna zu. »Er hat so treue Augen und schaut einen an, als würde er jedes Wort verstehen.«

»Das tut er«, pflichtete Johanna ihr bei. »Ganz bestimmt.«

Im Gestüt liefen sie Erhard von Eckstein und Herman über den Weg, die Wibald von Lichtenau stolz durch die Zucht führten.

»Es passiert nicht oft, dass ich meine Tochter im Stall bei den Pferden treffe«, begrüßte Wibald von Lichtenau die jungen Damen freundlich.

»Dafür trifft man meine Tochter dort umso häufiger«, fügte Erhard belustigt hinzu.

Johanna war froh zu sehen, dass sich ihr Vater im Laufe der vergangenen Wochen erholt hatte. Die Müdigkeit war aus seinen Zügen gewichen und hatte einer gesunden Farbe Platz gemacht. Dabei hatte er kaum einen Augenblick geruht. Auf den Feldern brachten die Bauern die Wintersaat aus, auch auf der Burg und im Gestüt bereitete man sich auf die kalte Jahreszeit vor, legte Vorräte an und führte die notwendigen Reparaturen durch. Und Johannas Vater schien den Anspruch zu haben, überall zugleich zu sein. Doch die viele Arbeit an der frischen Luft hatte seine Lebensgeister neu geweckt.

Auch Hermans Gesicht überzog eine gesunde Farbe, allerdings, so vermutete seine Schwester, hatte das eher mit dem plötzlichen Auftauchen seiner Verlobten zu tun. Galant bot er Adelhaid den Arm und die beiden gingen den anderen voraus zu den Reitpferden, auf denen sie von der Burg heruntergeritten waren.

»Ich muss noch etwas mit Gunter besprechen. Reitet ruhig schon einmal zurück zur Burg. Das Spätmahl müsste bald bereitet sein«, entschuldigte sich Erhard von Eckstein und machte sich auf die Suche nach dem Stallmeister.

Johanna blieb alleine neben Wibald von Lichtenau stehen und wusste plötzlich nicht mehr, wohin sie schauen sollte. Das unangenehme Gefühl, das sie schon auf Blankenstein in seiner Gegenwart verspürt hatte, stellte sich augenblicklich wieder ein. Sah der ältere Ritter sie nur freundlich an oder musterte er sie? Erwartete er etwa, dass sie etwas sagte? Ihr fiel nichts ein. Sie hörte Adelhaids glockenhelles Lachen, das sich mit Hermans dröhnender Stimme vermischte. Na, die beiden schienen sich ja herrlich zu amüsieren!

»Es ist mir eine große Freude, Euch gesund und wohlbehalten wiederzusehen«, brach Wibald von Lichtenau schließlich das Schweigen, als es gerade anfing, peinlich zu werden. War das jetzt eine höfliche Floskel? Oder wollte er ihr damit etwas sagen?

»Ja, mir auch«, zwang Johanna sich zu einer Antwort.

»Ich habe viel an Euch gedacht in den vergangenen Tagen«, fuhr der Edelmann fort.

Johanna sah ihn überrascht an, senkte aber sogleich wieder den Blick.

»Eure ungezwungene Art und unsere anregenden Gespräche auf Blankenstein haben mir gefehlt. Auch wenn mir meine wilde Brut daheim eigentlich kaum einen ruhigen Moment gelassen hat.« Wibald von Lichtenau lachte fröhlich.

Doch Johanna stimmte nicht ein. Was sollte das

hier werden? Wollte Wibald sie aufziehen? Sie konnte sich kaum vorstellen, dass ein altgedienter Ritter Gefallen an einem aufmüpfigen Edelfräulein fand. Noch dazu an einem Mädchen, das nicht einmal so alt war wie seine eigene Tochter. Oder doch? Ein schrecklicher Verdacht beschlich sie. Sollte etwa Wibald von Lichtenau der Mann sein, der bei ihrem Vater um ihre Hand angehalten hatte? Immerhin hatte Adelhaid ihr ja erzählt, dass er auf der Suche nach einer neuen Frau war. Und so komisch wie er sich Johanna gegenüber verhielt …

»Die Kinder vermissen sicher eine … ihre Mutter?«, wagte sie einen Vorstoß. Nervös knetete sie die Hände. Sie traute sich noch immer nicht, Wibald von Lichtenau ins Gesicht zu sehen.

»Oh ja, das tun sie gewiss«, antwortete dieser. Er hüstelte trocken und schien zu zögern, bevor er fortfuhr: »Eine Herrin im Haus und eine Mutter für die Kinder, das ist es wohl, was zurzeit am meisten fehlt auf meinem schönen Gut. Und wenn es dann noch eine Frau wäre, die so fröhlich und unbeschwert ist, wie Ihr es seid, nun, dann könnte ich mich wirklich glücklich schätzen.«

Nun wurde es Johanna zu unheimlich. Dieses Gespräch lief in eine Richtung, in der sie es auf keinen Fall haben wollte. Was immer Wibald von Lichtenau versuchte, ihr zu sagen, sie wollte es lieber nicht hören. Das konnte, das durfte einfach nicht sein! »Es wird schon langsam dunkel«, warf sie deshalb eilig ein.

Tatsächlich legten sich bereits Schatten über die Stallgebäude, aus denen der Klang zahlreicher Stimmen zu vernehmen war. Sicher waren die Knechte bereits bei der Abendfütterung, überlegte sie. Was hätte sie darum gegeben, dort mit Hand anzulegen, anstatt hier mit Wibald von Lichtenau zu stehen, der sie mit einem so eigentümlichen Gesichtsausdruck bedachte, dass ihr ein Schauder über den Rücken lief.

»Wollen wir?«, rief Herman über den Platz und erlöste Johanna von ihren Qualen.

»Wir kommen«, antwortete sie erleichtert und viel zu laut. Wibald bot ihr seinen Arm an und zögernd legte Johanna ihre Hand darauf. Am liebsten hätte sie noch kurz bei Parzival vorbeigeschaut, doch konnte sie den Gast ja nicht einfach stehen lassen.

»Ein wirklich beeindruckendes Gestüt nennt Euer Vater hier sein Eigen«, sagte er im Plauderton, während sie auf Adelhaid, Herman und die Pferde zugingen. »Was denkt Ihr, würde es Adelhaid eine Freude bereiten, wenn ich ihr eine der zahmeren Stuten zur Hochzeit schenken würde? Wenn sie einem von Eckstein das Eheversprechen gibt, dann sollte sie künftig auch auf einem Pferd aus dieser Zucht reiten.«

»Das würde sie ganz sicher freuen«, gab Johanna höflich zur Antwort und hoffte, dass sie sich nicht täuschte. Vielleicht gelang es Herman ja wirklich, bei Adelhaid etwas mehr Interesse für Pferde zu wecken. Als sie die beiden erreichten, half Johannas Bruder seiner Verlobten gerade in den Sattel. Wibald bot Johanna seine Unterstützung an, doch sie lehnte dankend ab und schwang sich selbst geschickt auf ihr Pferd. Er war keineswegs gekränkt, sondern zog verschmitzt eine Grimasse.

»Wo war ich bloß mit meinen Gedanken. Eine Dame mit dem Namen von Eckstein wird vermutlich schon als kleines Kind besser geritten haben als so mancher Ritter.«

Herman und Adelhaid stimmten in sein Lachen mit ein, Johanna brachte jedoch nicht mehr als ein angestrengtes Lächeln zustande.

»Adelhaid?« Johanna stieß schwungvoll die Tür zu ihrer Kammer auf. Sie wollte die Freundin fragen, ob sie Lust hatte, mit an die frische Luft zu kommen. Das Wetter war am nächsten Vormittag unverändert schön und Johanna hatte den Wunsch, jeden Sonnenstrahl auszukosten. Denn schon bald würden die Herbststürme durch die Mauern der

Burg pfeifen, und dann konnte man froh sein, wenn es dem Feuer im Kamin gelang, ein wenig Wärme zu verbreiten.

»Adelhaid, möchtest du ...«, hob Johanna an, doch dann stockte sie. Der Raum war leer. Wo mochte die Freundin bloß stecken? Seit der Frühmahlzeit, einem kräftigen Weizenbrei, den sie gemeinsam in der Halle eingenommen hatten, hatte sie Adelhaid nicht mehr gesehen. Sie hätte ja vermutet, dass Herman seine Verlobte an irgendeinen stillen Ort entführt hatte, wo niemand sie finden würde. Doch Herman war mit ihrem Vater und Wibald von Lichtenau zur Jagd geritten, das wusste sie genau. Bei ihm konnte Adelhaid also nicht sein. Verwirrt blieb Johanna auf dem Gang stehen. Da hörte sie leise Stimmen aus Gerdruds Gemach und dann Adelhaids unverwechselbares Lachen. Adelhaid war bei Gerdrud? Zaghaft klopfte Johanna an die Tür.

»Herein!«, vernahm sie Tante Gerdruds fröhliche Stimme. Johanna schob die Tür auf und blieb erstaunt im Rahmen stehen. Ein so harmonisches Bild hatte sie nicht erwartet: Gerdrud und Adelhaid saßen sich in der breiten Fensternische gegenüber. Beide hatten die Köpfe gebeugt, sodass sich Adelhaids weißblonde Haarpracht und Gerdruds streng gebundener Wimpel beinahe berührten. Konzentriert betrachteten sie den hellblauen Stoff eines Kleides, das über ihren Knien ausgebreitet lag und an dem sie mit goldenen Fäden feinste Stickereien anbrachten. Adelhaids Hochzeitskleid!

»Fein, dass du kommst«, begrüßte sie die Freundin. »Ich wollte dich ohnehin noch um deine Meinung zu diesem Blütenmuster bitten. Meinst du, wir haben es zu groß angelegt?«

Zögernd trat Johanna zu den beiden Frauen, unwillig betrachtete sie die Stickereien. Was sollte sie darauf antworten? Es waren Blumen, größere und kleinere, die sich in Ranken an beiden Ärmeln hinauf wanden. Das war hübsch, durchaus. Aber mehr fiel ihr dazu nicht ein.

»Es sieht hübsch aus«, sagte sie zögernd. Und weil sie merkte, dass Adelhaid ihre Meinung wichtig war, fügte sie noch hinzu: »Nein, es ist nicht zu groß angelegt.«

Adelhaid belohnte ihre Worte mit einem Lächeln, neigte den Kopf und nahm die Stickarbeit wieder auf. Johanna wollte sich schon abwenden, da fragte die zukünftige Braut: »Willst du dich nicht zu uns setzen und uns helfen? Es ist noch so viel zu tun.«

Gerdrud schnaubte, sagte aber nichts.

»Lieber nicht.« Johanna schüttelte unwillig den Kopf, sodass ihre Locken umhersprangen. »Ich habe dir doch schon gesagt, dass meine Stickkünste mehr als erbärmlich sind. Ich würde dir dein gutes Kleid wirklich nur verderben.«

Doch Adelhaid ließ sie nicht so leicht davonkommen. »Unsinn, du könntest den unteren Saum besticken. Da sieht man es nicht, wenn das Muster nicht ganz gleichmäßig ist. Und ich würde mich so freuen, wenn du bei meinem Hochzeitskleid mithilfst.«

Johanna schmunzelte. Als ob Adelhaid es nicht bemerken würde, wenn der Saum ungleichmäßig bestickt wäre. Doch die Hartnäckigkeit der Freundin amüsierte und erfreute sie zugleich. Vielleicht war ihr wirklich etwas daran gelegen, dass sie sich beteiligte?

»Ich kann es ja mal versuchen«, räumte sie widerwillig ein. »Und wenn es gar zu schlecht ist, könnt ihr es zur Not wieder auftrennen und noch einmal machen.« Insgeheim befürchtete sie, dass es genau so kommen würde.

Adelhaid aber stieß einen kleinen Laut der Freude aus. »Da auf der Truhe liegen noch Fäden bereit. Eine Nadel findest du auch dort. Und dann nimm dir einen Schemel und setz dich zu uns. Zu dritt geht die Arbeit sicher noch leichter von der Hand.«

Gerdrud hatte zu alldem nichts gesagt. Als Johanna sich zu den beiden Frauen setzte, glaubte sie, ein Lächeln über das Gesicht der Tante huschen zu sehen. Glaub ja nicht, dass ich künftig bereitwilliger zu Nadel und Faden greifen werde! Schnell biss Johanna auf ihre Unterlippe, bevor ihr eine unbedachte Bemerkung herausrutschen konnte – und begab sich dann konzentriert an die Arbeit.

13

»Nun kommt schon, spielt mit, es macht wirklich Spaß!«, rief Peter. Er ruderte wild mit den Armen, um Johanna und Adelhaid zu bewegen, sich von den Holzstufen vor dem Palas zu erheben und sich ihm und Herman anzuschließen. So übermütig hatte Johanna ihre Brüder, vor allem den sonst eher zurückhaltenden Peter, lange nicht mehr erlebt. Wie junge Fohlen sprangen sie über den Hof und versuchten, sich gegenseitig einen kleinen Lederball mit der flachen Hand zuzuschlagen.

Das Spiel hieß Tennis und kam aus Frankreich, hatte Herman erklärt. Eigentlich spielte man es auf einem abgesteckten Feld, bei dem jeder Spieler auf seiner Seite eines quer gespannten Netzes bleiben musste. Und heutzutage benutzte man dazu auch nicht mehr die flache Hand, sondern spezielle Schläger aus Holz. Doch hier auf Eckstein hatten sie weder Feld noch Netz noch Schläger und so erstreckte sich die urtümliche Variante des Tennisspiels über den halben Burghof.

Es war Sonntag, der Tag des Herrn, an dem man

die Arbeit ruhen ließ. Gleich nachdem Vater Aloisius ihnen in der kleinen Burgkapelle die Messe gelesen hatte, waren Erhard von Eckstein, seine Kinder und seine Gäste in den Hof hinuntergegangen. Der Burgherr ließ sich von dem Toben seiner Söhne nicht stören. Zusammen mit Wibald von Lichtenau saß er im Blumengarten rittlings auf einer hölzernen Bank. Zwischen ihren Beinen hatten die Herren ein kostbares Schachspiel mit Figuren aus Elfenbein aufgebaut, dem sie sich mit voller Konzentration widmeten. Johannas Vater war ein Meister des Brettspiels, keiner seiner Söhne konnte es darin mit ihm aufnehmen. Und Johanna hatte nie die Geduld aufgebracht, die komplizierten Regeln zu erlernen, nach denen König, Dame, Turm, Läufer und Bauern gezogen werden mussten.

Doch Wibald von Lichtenau schien dem Burgherrn ein ebenbürtiger Gegner zu sein. Zumindest ließ das die lange Bedenkzeit vermuten, die Erhard sich vor jedem Zug nahm. Wibald nutzte diese Pausen, um seinen Blick zu Johanna und Adelhaid schweifen zu lassen und lustige Grimassen in ihre Richtung zu schneiden. Johanna musste jedes Mal kichern, obwohl ihr seine Aufmerksamkeit eigentlich gar nicht so recht war.

Selbst Gerdrud hatte sich zu den anderen in den Hof gesellt. Mit ihrem unvermeidlichen Stickrahmen in den Händen saß sie auf der zweiten Holzbank im Garten. Erstaunt stellte Johanna fest, dass sie das immergleiche Schwarz heute gegen ein taubengraues Kleid aus leichter Wolle getauscht hatte. Es war altmodisch geschnitten, die Taille etwas zu weit und der Halsausschnitt hochgeschlossen. Doch es stand ihr gut und ließ sie weniger alt erscheinen.

Alle schienen bestens gelaunt zu sein. Nur Johanna fühlte sich hin- und hergerissen zwischen dem fröhlichen Treiben um sie herum und den Gedanken, die sie bedrückten. Seit dem unheimlichen Gespräch im Gestüt versuchte sie, Wibald nicht mehr alleine zu begegnen. Zu groß war ihre Sorge, dass er sich ihr offenbaren und um ihre Hand bitten könnte. Und was sollte sie ihm sagen, ohne ihn zu beleidigen? Denn wenn sie den Antrag ablehnte, würde nicht nur sie selbst, sondern auch ihr Vater, ja, ihre ganze Familie in einem schlechten Licht dastehen. Würde Wibald dann noch der Verbindung von Adelhaid mit Herman seinen Segen geben? Oder würde Johannas Vater sie schließlich doch über ihren Kopf hinweg mit dem älteren Ritter verheiraten? Nein, das durfte er nicht! Wibald von Lichtenau war immerhin fast dreimal so alt wie sie selbst. Er war zwar freundlich zu ihr, aber er war so eine schrecklich lächerliche Gestalt!

Johanna wurde ganz übel, wenn sie nur daran dachte.

»Los, träum nicht, komm schon mit!« Peter versuchte, Johanna an den Händen hochzuziehen. Sie wehrte sich, allerdings nur ein wenig. Das Ganze rief Erinnerungen an Kindertage in ihr wach, wenn Peter sie auf ähnliche Weise zum Spiel mit den Murmeln oder dem Kreisel geholt hatte. Süße Erinnerungen an eine unbeschwerte Zeit, als sie solche Ängste, wie sie sie im Moment plagten, noch nicht kannte. Schon wollte sie aufstehen, das Kleid raffen und sich dem wilden Tennisspiel anschließen, als Adelhaid sich einmischte.

»Lasst uns lieber Boule spielen. Das Spiel mit den Kugeln ist für uns Damen sicher geeigneter als euer komisches Tennis.«

»Ja, lasst uns Boule spielen. Ich fürchte, sonst muss ich mich meinem kleinen Bruder gleich geschlagen geben«, bekräftigte Herman. Sein Gesicht wirkte erhitzt, beiläufig strich er sich eine verirrte Locke aus der Stirn. Blitzartig schoss die Erinnerung an einen anderen Blondschopf mit wirren Locken durch Johannas Kopf, doch sie fegte den Gedanken schnell beiseite. Daran, dass dieser Ludwig von Leyenhorst bald hier auftauchen würde, um Parzival abzuholen, wollte sie jetzt lieber nicht erinnert werden.

»Und das würde dem ehrenvollen Sieger des Blankensteiner Turniers gar nicht gut zu Gesicht stehen«, fiel Peter schadenfroh ein und lief bereitwillig ins Haus, um das Boulespiel zu holen. Dann gab er jedem Mitspieler zwei Kugeln, in jede Hand eine. Schließlich nahm er eine weitere, kleinere Kugel aus dem Kasten und warf sie geschickt aus dem Handgelenk. Sie flog vielleicht zehn Schritte weit, eine Staubwolke stieg aus dem erdigen Boden auf, als sie auftraf und noch ein Stückchen weiterrollte, bevor sie endgültig liegen blieb.

»Das ist das Ziel. Ihr müsst versuchen, mit eurer Kugel dieser kleinen möglichst nahe zu kommen«, erklärte Peter unnötigerweise, denn allen waren die Regeln des Boulespiels hinlänglich bekannt.

»Die Damen zuerst«, fügte Herman galant hinzu und berührte Adelhaid wie zufällig an der Hand, als er ihr den Vortritt ließ.

Diese stellte sich in Position, den Oberkörper leicht vorgebeugt, den rechten Arm mit der Kugel in der hohlen Hand locker schwingend. Die langen Ärmelfortsätze ihres Surkots schleiften dabei beinahe über den staubigen Boden, doch das schien sie gar nicht zu bemerken. Sie kniff die Augen zusammen, um das Ziel besser anvisieren zu können, und warf mit einer blitzschnellen Bewegung. Die Kugel flog, prallte auf den Boden und rollte ein

Stück, bis sie Seite an Seite mit der kleineren Kugel zu liegen kam. Hell lachte Adelhaid auf.

»Das müssen mir die Herren erst einmal nachmachen«, rief sie erfreut.

Johanna war beeindruckt. Einen solchen Wurf hätte sie ihr gar nicht zugetraut. Ihre eigene Kugel blieb zwei Schritte vor dem Ziel liegen. Peter hingegen schoss in seinem anhaltenden Übermut gut drei Schritte darüber hinaus. Und Herman, der beim Boule in der Regel genauso viel Treffsicherheit bewies wie beim Turnier, drehte die Kugel beim Abwurf so ungeschickt, dass sie im falschen Winkel flog.

Auch die zweite Runde entschied Adelhaid für sich. Ihre Kugel war zwar ein Stück vor der kleineren liegen geblieben, doch Herman warf seine Kugel dagegen, sodass ihre erneut genau ans Ziel rollte. Das war Absicht, vermutete Johanna, aber sie konnte verstehen, weshalb Herman zu diesem Trick gegriffen hatte, als sie Adelhaids fröhliches Siegerlachen hörte. Gleichzeitig durchfuhr sie ein unwillkommener Anflug von Neid. Für mich würde das niemand tun! Auch diesen Gedanken scheuchte sie schnell beiseite. Ihre zukünftige Schwägerin war nun wirklich der letzte Mensch, auf den sie neidisch sein wollte.

»Lasst uns Paare bilden«, schlug Herman vor, bevor sie die dritte Runde begannen. »Die holde Adelhaid und meine Wenigkeit gegen den tapferen Knappen Peter und die nicht minder tapfere Johanna.«

Johanna konnte keinen Spott in seiner Stimme hören, und doch fragte sie sich, ob er die Bemerkung vielleicht gehässig gemeint hatte. Warum nannte er sie tapfer und verglich sie mit ihrem Bruder Peter? Fiel ihm für seine jüngere Schwester keine schmeichelhaftere Beschreibung ein als Tapferkeit? Eine höchst ritterliche Tugend! Plötzlich sah sie sich selbst durch die Augen der anderen: die wilde, mutige Johanna, die oft mehr Ähnlichkeit mit einem Stallknecht hatte als mit einem Edelfräulein. Wahrscheinlich war die ganze Geschichte mit dem Heiratsantrag ein Scherz, dachte sie bitter. Wer sollte mich schon heiraten wollen?

»Was ist denn mit dir los? Du siehst aus, als hättest du in rohen Sauerampfer gebissen«, unterbrach Peters Stimme ihre trüben Gedanken.

»Nichts, nichts«, beeilte Johanna sich zu sagen. »Wer ist dran?«

»Du, wer sonst? Sonst hätte ich dich nicht bei deinen erbaulichen Überlegungen gestört.«

Fahrig griff Johanna nach der Kugel, die Peter ihr hinhielt, und warf. Weit vorbei! Peter schnaubte missfällig.

»Was war das denn? Willst du denn gar nicht siegen?«

»Doch, natürlich«, antwortete Johanna, aber sie merkte selbst, dass es halbherzig klang. Wollte sie siegen? Und was bedeutete ein Sieg in ihrer ausweglosen Situation? Konnte sie eine Heirat mit Wibald von Lichtenau wirklich verhindern, indem sie versuchte, die Augen davor zu verschließen? Und Parzival? Was würde sie darum geben, wenn sie den Hengst behalten dürfte! Aber ihr Vater brauchte das Geld, das hatte er ihnen deutlich gemacht. Plötzlich verspürte sie heftige Sehnsucht danach, ihr Gesicht in Parzivals weicher Mähne zu verbergen und einfach an gar nichts mehr zu denken.

Am späten Nachmittag gelang es Johanna endlich, ihr gutes Kleid gegen ein altes zu tauschen und unbemerkt ins Gestüt zu verschwinden. Auch hier war es sonntäglich ruhig. Ausgemistet hatten die Knechte bereits am Vormittag, die Fütterung hatte noch nicht begonnen. Ohne dass jemand sie sah, schlich sie in Parzivals Box.

»Ach, mein Großer. Ich werde dich so schrecklich vermissen«, gestand sie dem Hengst, während sie mit einer dicken Bürste seinen Hals striegelte. Sein weißes Fell glänzte seidig. Johanna erinnerte sich noch gut daran, wie er vor drei Jahren kohlrabenschwarz zur Welt gekommen war. Nur ein grauer Kranz um jedes seiner Augen hatte damals darauf hingedeutet, dass Parzival einmal ein stolzer Schimmel werden würde. Wie es bei Schimmeln üblich war, hatte das Fell nach und nach die schwarze Farbe verloren, bis er irgendwann in diesem Frühjahr am ganzen Leib in prächtiges Weiß gehüllt war.

»Willst du mir nicht verraten, wie du das gemacht hast?«, fragte Johanna den Hengst. »Dann könnte ich auch meine äußere Hülle ablegen, wenn sie mir zu lästig wird. Vielleicht käme ja darunter eine edle Dame wie Adelhaid zum Vorschein. Oder doch ein Stallknecht.«

Sie lachte auf, aber es klang so erstickt, als säße ein dicker Kloß in ihrem Hals.

»Was würde dir besser gefallen?«, setzte sie das einseitige Gespräch fort. »Eine edle Dame oder ein Stallknecht?«

Parzival stupste ihr treuherzig mit den Nüstern gegen den Kopf und schnaubte aufmunternd, als wollte er sagen: Du gefällst mir am besten, so wie du bist!

Nun konnte Johanna die Tränen, gegen die sie bislang angekämpft hatte, nicht mehr zurückhalten. Zwei dicke Tropfen rannen ihr über die Wangen und schnell verbarg sie das Gesicht in Parzivals

Mähne. Wäre sie nicht so mit ihrem eigenen Kummer beschäftigt gewesen, hätte sie vielleicht bemerkt, dass noch jemand in den Stall gekommen war. Nun aber zuckte sie zusammen, als plötzlich eine freundliche Stimme in ihrer Nähe fragte: »Störe ich?«

Johanna hatte den Mann erst ein einziges Mal sprechen gehört, im Marstall auf Burg Blankenstein. Doch sie hatte sich die Stimme gut eingeprägt, denn dies war der Ritter, der ihr Parzival wegnehmen wollte! Eilig drehte sie sich um und wischte sich dabei möglichst unauffällig mit dem Handrücken über die Wangen. Ludwig von Leyenhorst sollte auf keinen Fall sehen, dass sie geweint hatte.

»Ja, nein, ich …«, stotterte sie und ärgerte sich fürchterlich, wie dumm das klang. »Ich wollte nur eben Parzival striegeln.« Das klang auch nicht viel klüger, zumal sie die breite Bürste gut sichtbar in der Hand hielt.

»Oh, dann bist du hier wohl … der Stallknecht«, sagte der junge Ritter. »Oder besser gesagt die Stallmagd, obwohl ich gestehen muss, dass mir bisher noch keine Stallmagd über den Weg gelaufen ist.« Ludwig verzog keine Miene, und doch hatte Johanna das Gefühl, dass er sie nicht ernst nahm. Um seinen ansonsten unbewegten Mund lag wieder dieses Lächeln, das Johanna bereits bemerkt hatte, als sie ihn das erste Mal beim Pferdemarkt gesehen hatte. Das war gerade einmal zwei Wochen her, aber es kam ihr so vor, als wäre es in einem anderen Leben gewesen … Damals hatte Parzival noch ihr gehört, besser gesagt natürlich ihrem Vater. Es hatte noch kein ältlicher Ritter um ihre Hand angehalten. Und sie hatte noch nicht gewusst, dass ausgerechnet dieser Mann Parzival kaufen wollte. Damals war Johanna dieses Lächeln unwiderstehlich erschienen. Jetzt rang sie den Impuls nieder, es zu erwidern.

»Ich bin die Tochter …«, setzte sie an. Gerade noch rechtzeitig fiel ihr ein, dass es keine gute Idee war, sich als die Tochter des Burgherrn zu erkennen zu geben. Sie trug ein altes, schmutziges Kleid, schwarzer Dreck saß unter ihren Fingernägeln und sie stand im Stall und striegelte ein Pferd. All das war derart unpassend für eine junge Dame von Stand, dass es Johanna deutlich lieber war, Ludwig von Leyenhorst hielte sie tatsächlich für eine Magd. »… des Stallmeisters«, vollendete sie deshalb ihren angefangenen Satz.

»Die Tochter des Stallmeisters. So, so!« Er schien die Lüge geschluckt zu haben. »Ich wollte nur einmal schauen, ob dieses schöne Pferd tatsächlich schon wieder vollständig genesen ist.«

»Euer Pferd«, warf Johanna spitz ein und biss sich sogleich auf die Zunge. Als einfache Magd hätte sie davon wohl kaum etwas wissen können. Ludwig schenkte der unbedachten Bemerkung jedoch keine Beachtung.

Er ging einen Schritt auf Parzival zu und streckte dem Hengst die Hand flach entgegen. Selbstbewusst, aber nicht herrisch, und gerade so weit, dass das Pferd selbst entscheiden konnte, ob es sich dem unbekannten Besucher nähern wollte. Neugierig schnupperte es an der dargebotenen Hand, stupste mit den Nüstern dagegen und schnaubte freundlich. Johanna staunte. Ludwig von Leyenhorst schien ein gutes Gespür für Pferde zu haben. Erst nachdem Parzival ihn auf diese Weise begrüßt hatte, trat der Ritter dicht an den Kopf des Tieres heran und beugte sich hinunter, um dessen Brust zu untersuchen. Dabei legte er beruhigend eine Hand auf Parzivals Hals, redete ihm mit leisen Worten zu und betastete gleichzeitig mit der anderen Hand dessen gut verheilte Wunde. Der Hengst ließ die Untersuchung lammfromm über sich ergehen. Ludwig war so konzentriert, er schien Johanna ganz vergessen zu haben. Das gab ihr die Gelegenheit, ihn genauer zu betrachten.

Der junge Ritter trug Hose, Wams und Gugel sowie einen Umhang aus feinster Wolle, jedoch ohne viele Verzierungen. Die Kleidung war in gedeckten Grüntönen gehalten, anders als die meisten Ritter bei Hofe war er offensichtlich kein Freund auffälliger Farben und Muster. Seine Füße steckten in soliden Reitstiefeln aus weichem Leder, auch sein Gürtel war aus Leder gearbeitet, daran hingen das Schwert in seiner ledernen Scheide sowie ein kleinerer Dolch und ein Beutel. Seine Hand, die so vorsichtig den Pferdehals abtastete, war groß und kräftig. Von seinem Gesicht konnte Johanna unter Parzivals Hals hindurch nur die Hälfte erkennen. Wieder fiel ihr die Narbe auf, die sich von der linken Schläfe hinunter bis zum kantigen Wangenknochen zog.

Gerade stellte sie fest, dass Ludwig hellbraune Augen mit winzigen grünen Punkten hatte, als er den Blick hob und sie aus diesen Augen aufmerksam ansah. Johanna spürte, wie ihr die Röte ins Gesicht schoss, weil er sie dabei ertappt hatte, wie sie ihn so unverhohlen musterte. Einen Augenblick zu lange hielt er ihren Blick fest, dann richtete er sich auf.

»Das sieht gut aus, sehr gut«, stellte er zufrieden fest. »Ich denke, ich werde ihn schon morgen mit nach Hause nehmen können.«

Morgen schon, dachte Johanna und Panik brodelte in ihrem Bauch.

»Hier steckt Ihr«, erklang plötzlich die Stimme ihres Vaters vom anderen Ende des Stalls. »Verzeiht, dass ich Euch habe warten lassen. Es scheint, auf diesem Gestüt gibt es ständig etwas, dem ich meine Aufmerksamkeit widmen muss. Aber wie ich sehe, habt Ihr den Weg zu Parzival ja bereits alleine gefunden.« Der Burgherr trat zu seinem Gast an die Pferdebox. »Ich hoffe, Ihr habt Euch in der Zwischenzeit nicht gelangweilt.«

»Keineswegs«, erwiderte Ludwig höflich. »Ich hatte eine sehr interessante Begegnung mit der Tochter Eures Stallmeisters.« Mit einem Kopfnicken deutete er in Johannas Richtung. Doch die war verschwunden. Mit einem großen Sprung hatte sie sich hinter einem Heuhaufen in Sicherheit gebracht. Undenkbar, dass ihr Vater sie hier fand! Dreckig und im Gespräch mit diesem Gast, der so wichtig für seine Geschäfte war!

»Gunters Tochter?«, hörte sie Erhard erstaunt fragen. Der Stallmeister war nämlich mit fünf gut geratenen älteren Söhnen gesegnet; die einzige Tochter war jedoch gerade mal ein Jahr alt.

Bitte, frag nicht nach, bitte!, flehte Johanna still in ihrem Versteck und war überaus erleichtert, als ihr Vater nicht weiter nachhakte.

»Und, wie gefällt Euch der Hengst nun?«, lenkte er das Gespräch in eine andere Richtung.

»Gut, sehr gut sogar«, erwiderte der junge Ritter geschäftsmäßig. »Ich halte an meinem Angebot fest.«

»Dann sollten wir zur Burg zurückreiten und alles Weitere besprechen.« Erhard von Eckstein klang zufrieden. »Ihr werdet uns doch sicher für einige Tage mit Eurer Anwesenheit beehren?«

Unruhig rutschte Johanna hin und her. Sie hockte so zusammengekrümmt hinter dem Heuberg, dass ihr Rücken bereits zu schmerzen anfing. Außerdem war ihr linker Fuß eingeschlafen, sodass sie fürchtete, das Gleichgewicht zu verlieren.

»Nur bis morgen, ich bin zurzeit auf meinem eigenen Gut fast unabkömmlich.«

Johanna atmete tief durch. Der intensive Geruch nach frischem Heu kitzelte sie in der Nase. Jetzt bloß nicht niesen! Dankbar beobachtete sie, dass ihr Vater dem jungen Gast freundlich die Hand auf die Schulter legte, um ihn aus dem Stall zu führen. Im Hinausgehen sagte er: »Dann lasst uns unverzüglich die Details klären. Ich muss auch in dieser anderen Angelegenheit noch mit Euch reden.«

Kurz darauf hörte Johanna die Stalltür zuschlagen. Sicherheitshalber blieb sie noch einen Augenblick in ihrem Versteck. Als sie schließlich aufstand, versagten die Füße ihr kribbelnd den Dienst – und sie fiel mitten in den Heuhaufen.

Parzival drehte den Kopf und schnaubte belustigt.

»Ja, lach du nur«, erwiderte sie gereizt. Doch dann musste sie selbst grinsen. Es sah sicher komisch aus, wie sie wie ein Käfer auf dem Rücken im Heu lag, für einen Moment unfähig, wieder auf die Beine zu kommen. Immerhin bin ich weich gefallen, dachte sie.

14

»Sei nicht albern und steh schon auf. Es wird Zeit, dass du dich ankleidest.« Adelhaid stand vor Johannas breitem Bett, die Hände in die Taille gestützt, und funkelte sie streng an.

»Nein, wirklich, ich fühle mich gar nicht wohl«, beteuerte Johanna und versuchte, möglichst leidend zu klingen. Doch die Freundin fiel nicht darauf herein.

»Du hast dich wohl genug gefühlt fürs Boulespielen und auch für einen Ausflug in den Stall. Da wirst du dich auch wohl genug für das Abendessen in der Halle fühlen«, argumentierte sie erbarmungslos.

Johanna war überrascht. Nicht nur, weil Adelhaid ihr auf die Schliche gekommen war, was ihr nachmittägliches Verschwinden betraf. Immerhin hatte Johanna vorsorglich ihr dreckiges Kleid ausgezogen und war nur im Unterhemd ins Bett gekrochen. Zudem schien die Freundin fest entschlossen zu sein, sie zum gemeinsamen Spätmahl mitzunehmen. Johannas Beteuerungen, wie schlecht es ihr ginge, tat sie ebenso ab wie ihr Bitten und Betteln.

»Auf jetzt!« Adelhaid versuchte, Johanna die Felldecke zu entreißen, die diese bis zum Hals hochgezogen hatte. Doch Johanna griff schnell zu und hielt die Decke fest. Die jungen Frauen zerrten an beiden Seiten, bis Adelhaid das Kräftemessen aufgab, Johanna das untere Ende der Decke einfach über den Kopf warf und sie an den Füßen kitzelte. Erstickt begann Johanna zu kichern, dann strampelte sie kräftig mit den Beinen und warf die dicke Decke zur Seite.

»Gnade!«, flehte sie. »Hab Erbarmen!«

»Siehst, du«, sagte Adelhaid triumphierend. »So schlecht kann es um deine Gesundheit gar nicht bestellt sein.« Mit flinken Händen strich sie ihr elegantes hellgrünes Kleid glatt, das bei dem Kampf im Bett in Unordnung geraten war. Auch die akkurate Hochsteckfrisur hatte gelitten. Aus den zu Schnecken gedrehten Zöpfen standen einige Strähnen wirr heraus.

Johanna grinste. »Ich fürchte, du musst dich erst mal um dein eigenes Aussehen kümmern, bevor du mich weiter piesacken kannst.«

Adelhaid tat den Einwand mit einer ungeduldigen Handbewegung ab. »Jetzt bist *du* dran. Wenn wir uns nicht beeilen, schaffen wir es niemals, bis zum Abendessen eine passable Erscheinung aus dir zu machen.« Mit wenigen Griffen steckte sie die verirrten Haarsträhnen unter die Haarnadeln.

»Ich will nicht in die Halle gehen«, erwiderte Johanna bockig und versuchte erneut, nach der Felldecke zu greifen. Doch diesmal war Adelhaid schneller. Mit einer raschen Bewegung fegte sie die Decke vom Bett und langte nach Johannas Arm.

»Komm schon!« Sie zog. »Es ist deine Pflicht! Was soll denn euer Gast denken, wenn sich die Tochter des Burgherrn ums Abendessen drückt? Was für eine Beleidigung! Nein, Johanna, das geht nicht.« Adelhaid schien völlig vergessen zu haben, dass sie und ihr Vater ebenfalls Gäste auf Eckstein waren. In ihrem Eifer zerrte sie noch etwas fester an Johannas Arm, bis diese einen Schmerzenslaut ausstieß. Endlich ließ Adelhaid sie los.

»Gerade wegen Ludwig von Leyenhorst kann ich nicht hinuntergehen«, gestand Johanna kleinlaut. »Er würde sicher noch viel schlechter von mir denken, wenn er mich sieht, als wenn ich erst gar nicht erscheine.« Stockend berichtete sie Adelhaid, was sich am Nachmittag im Stall zugetragen hatte. An der Stelle, als sie Ludwig gegenüber behauptet hatte, eine einfache Magd zu sein, sog die Freundin erschrocken die Luft ein. Doch als Johanna den Bericht beendet hatte, lachte sie lauthals los.

»Was ist daran denn so komisch?«, fragte Johanna und war sogar ein bisschen beleidigt, dass ihre ausweglose Situation so wenig ernst genommen wurde.

»Es ist einfach zu lustig!« Adelhaid kämpfte schon wieder mit einem Lachanfall. »Johanna, die Stallmagd! Kein Wunder, dass du dich schämst, dich in der Halle blicken zu lassen.«

Großartig, Adelhaid amüsierte sich also auf ihre Kosten. Das machte die Sache nicht gerade leichter.

Endlich riss sich die Freundin zusammen. »Dem werden wir es zeigen! Wir putzen dich so fein heraus, dass dem edlen Herrn von Leyenhorst der Mund offen stehen bleiben wird und er glaubt, er habe die Gräfin persönlich vor sich. Wobei du natürlich noch viel hübscher sein wirst als unsere gute Richarda – und viel jünger«, fügte sie mit ihrem schelmischsten Lächeln hinzu.

»Ich weiß nicht.« Johanna war nicht geheuer bei diesem Plan. Doch Adelhaid sah sie bittend an und recht hatte sie ja auch. Es wäre wirklich sehr unhöflich, nicht zum Essen zu erscheinen. Das konnte sie ihrem Vater nicht antun. Außerdem wirkte Adelhaid so begeistert, dass sie sie nicht enttäuschen wollte. »Gut, zeigen wir es ihm«, sagte sie entschlossener, als ihr zumute war, und schwang endlich die Beine aus dem Bett.

Adelhaid klatschte voller Tatendrang in die Hände. Eilig machte sie sich über Johannas Truhe her, um etwas Passendes zu suchen. Tücher, Kleider und Schuhe flogen heraus und bildeten einen bunten Haufen auf dem Boden. Noch bevor Johanna dem Durcheinander Einhalt gebieten konnte, zog Adelhaid vom Boden der Truhe einen gefalteten und versiegelten Brief heraus.

»Ja, was ist denn das?« Neugierig hielt sie das Briefchen in die Höhe, um es von allen Seiten zu betrachten.

»Nichts, das ist nichts!« Etwas unwirsch pflückte Johanna ihr das Schreiben aus der Hand und ließ es achtlos auf den Kleiderstapel fallen.

Adelhaid runzelte die schmalen Brauen und zuckte mit den Schultern. »Ein Nichts, das du offensichtlich gut verbergen wolltest«, stellte sie fest, beließ es aber dabei. »Ein Kleid, wir brauchen ein Kleid«, murmelte sie stattdessen vor sich hin, während sie die Verwüstung von Johannas Habseligkeiten fortsetzte. »Ich hab es!« Siegesgewiss hielt sie mit einer Hand das seidene Surkot in die Höhe, das Johanna beim Festmahl auf Blankenstein getragen hatte, mit der anderen angelte sie nach der passenden Kotte.

»Meinst du nicht, das ist ein bisschen zu viel des Guten?«, fragte Johanna unsicher.

»Nein, auf keinen Fall!« Entschieden hielt Adelhaid ihr die Kleidungsstücke hin. »Los, anziehen!«

Johanna schlüpfte in die wollweiche Kotte, die wie eine zweite Haut an ihr saß.

Adelhaid zupfte hier und da, um das Kleid in Form zu bringen, dann schloss sie die Knöpfchen an den Ärmeln. »Fabelhaft, wirklich!«, jubelte sie, als Johanna auch das Surkot über den Kopf zog. »Und diese hübschen Schühchen runden das Bild ab, auch wenn man deine Füße natürlich nicht sehen wird.«

Sie hob Johannas beste Schuhe auf: Halbschuhe aus weichem Leder, die an mehreren Stellen durchbrochen und mit Seide hinterfüttert waren. Ergeben schlüpfte Johanna hinein und Adelhaid kniete sich vor sie hin, um die kleinen Schnallen an den Seiten zu schließen.

»Das musst du doch nicht machen!« Sie hätte ja ebenso gut Brid rufen können, um ihr beim Ankleiden zu helfen.

»Unsinn, das mache ich doch gern«, entgegnete Adelhaid liebevoll. »Außerdem soll niemand zu früh von unserem geheimen Plan erfahren. Alle sollen staunen, wenn du in die Halle schwebst. Und jetzt setze dich aufs Bett, damit ich dir die Haare richten kann.«

Johanna ließ sich auf der Bettkante nieder und

legte die Hände in den Schoß. Dabei fiel ihr auf, dass sie noch immer Dreck unter den Nägeln hatte. Auch Adelhaid war das nicht entgangen.

»Das haben wir gleich.« Resolut ließ sie Wasser aus der Zinnkanne in die Waschschüssel laufen, legte Johanna ein Leinentuch über das Kleid und stellte ihr die Schüssel in den Schoß. Dann nahm sie das Ölfläschchen, das noch vom Bad am ersten Tag herumstand, und gab einige Tropfen ins Wasser. Süßlicher Rosenduft stieg Johanna in die Nase. Schließlich ergriff Adelhaid ihre Hände und tauchte sie in die Schüssel.

»So, und da bleiben sie jetzt, bis ich mit den Haaren fertig bin. Danach sollten die Hände nicht nur sauber sein, sondern auch geschmeidig wie die einer Prinzessin.«

Johanna schmunzelte. Damit ihre Hände denen einer Prinzessin glichen, bedurfte es wohl eher eines Wunders als einer Schüssel mit Wasser und Öl. Trotzdem tat sie, wie ihr geheißen und versuchte, sich so wenig wie möglich zu bewegen, damit ihr das Wasser nicht auf das Kleid schwappte. Was gar nicht so einfach war, denn Adelhaid malträtierte ihre Kopfhaut bei dem Versuch, die störrischen Locken zu entwirren. Es ziepte und zerrte und Johanna musste die Lippen kräftig zusammenbeißen, um nicht laut zu fluchen. So wird der Mund wenigstens gleich schön rot sein, tröstete sie sich selbst.

Endlich legte Adelhaid den Kamm beiseite und begann, die Haare von der Stirn aus in kleine Zöpfe zu flechten. »Deine Haare möchte ich haben«, seufzte sie.

»Das meinst du nicht ernst!«

»Oh doch! Wenn ich die Haare in Locken tragen will, muss ich mich erst ewig lange mit dem Brenneisen abmühen. Und bei dir springen sie nur so ums Gesicht.«

»Aber wie du vielleicht gemerkt hast, lassen meine Haare sich kaum bändigen, geschweige denn ordentlich frisieren«, wandte Johanna ein.

»Warte es ab«, antwortete Adelhaid geheimnisvoll. Eifrig flocht sie und steckte hier und da einen der Zöpfe mit kleinen Haarnadeln fest. Schließlich ließ sie von Johanna ab, trat einen Schritt zurück und betrachtete ihr Werk. Mit einem Kopfschütteln nahm sie Johanna die Schüssel aus dem Schoß. Die Hände waren tatsächlich sauber – und sogar weich geworden! Adelhaid ergriff sie und zog die Freundin vom Bett hoch.

»Fehlt nur noch das schöne Schapel«, sagte sie und wollte gerade zur Truhe gehen, um den Stirnreif zu holen, da wurde gleichzeitig an die Tür geklopft und die Klinke heruntergedrückt. Ehe eine der jungen Damen protestieren konnte, stand Gerdrud im Zimmer.

»Wo bleibt ihr denn? Wir wollen gleich mit dem Essen beginnen«, schimpfte die Tante. Abrupt verstummte sie, als sie ihre Nichte sah.

Johanna, die eben noch bester Laune gewesen war, schrumpfte unter dem durchdringenden Blick zusammen. Musste die Tante ausgerechnet jetzt hereinplatzen? Sicher fand sie wieder allerlei an ihr auszusetzen, dabei hatte Adelhaid sich solche Mühe gegeben!

Stumm trat Gerdrud auf sie zu, einen eigenartigen Ausdruck auf dem Gesicht. »Du siehst … sehr hübsch aus«, sagte sie schließlich und es klang ein wenig erstaunt.

Überrascht schluckte Johanna die bissige Erwiderung herunter, die ihr schon auf der Zunge gelegen hatte. Tante und Nichte maßen sich mit einem unsicheren Blick.

Allein Adelhaid ließ sich nicht beirren. Sanft drückte sie Johanna das Schapel auf die fertige Frisur. »Wie schade, dass du dich nicht selbst sehen kannst. Du siehst einfach hinreißend aus«, stellte sie zufrieden fest.

»Wartet.« Gerdrud öffnete den bestickten Beutel an ihrem Gürtel. »Hier.« Sie hielt Johanna einen Taschenspiegel hin, kaum handtellergroß.

Johanna staunte einmal mehr über ihre Tante. Niemals hätte sie es für möglich gehalten, dass diese einen solchen Beweis ihrer Eitelkeit mit sich herumtrug. Trotzdem griff sie erfreut danach und betrachtete sich in dem kleinen runden Glas. Ihre Lippen waren tatsächlich so rot, wie sie vermutet hatte, und ihre Wangen glühten vor Eifer. Auch ihre tiefblauen Augen schienen zu leuchten. Von der aufwendigen Frisur konnte Johanna leider nicht viel erkennen, sie sah nur, dass Adelhaid es geschafft hatte, die Zöpfe wie einen Rahmen um ihr Gesicht zu legen. Von dort wanden sie sich in kleinen Kringeln über die Ohren zum Hinterkopf. Die hinteren Haare hatte sie offen gelassen und so geschickt drapiert, dass sie wie ein Wasserfall über Johannas Rücken fielen. Johanna strahlte die Freundin an.

»Das ist dir wirklich gut gelungen!«

»Schluss mit dem Geschwätz, höchste Zeit, in die Halle hinunterzugehen«, mahnte Gerdrud, plötzlich wieder ganz sie selbst.

Es kam, wie Adelhaid es vorausgesagt hatte: Als die beiden jungen Frauen hinter Gerdrud die Halle betraten, war ihnen die Aufmerksamkeit aller gewiss. Und einige Münder blieben tatsächlich offen stehen.

»Siehst du, es ist gar nicht so schlimm«, raunte Adelhaid Johanna zu und drückte sanft ihre Hand. Johanna war sich da nicht so sicher. So viel Aufmerksamkeit war ihr nicht angenehm. Auch wenn es nur die vertrauten Gesichter ihrer Familie und der Burgleute waren, die sie anstarrten. Und natürlich Wibald von Lichtenau – und Ludwig von Leyenhorst. Wobei sie bei Letzterem glaubte, genau zu wissen, was er dachte. Sicher fragte er sich, ob tatsächlich die Stallmagd in diesem feinen blauen Kleid steckte … Sie schaffte es nicht, seinem durchdringenden Blick standzuhalten und senkte die Augen. So wie es sich für eine Dame ja eigentlich auch gehört, dachte sie flüchtig. In ihrem Bauch rumorte es, als sie neben ihren Vater trat, der mit Herman und den beiden Gästen zusammenstand. Von der Selbstsicherheit, die sie noch auf dem Weg in die Halle verspürt hatte, war nicht der kleinste Funken übrig geblieben.

»Ah, und hier kommt unsere Johanna«, begrüßte ihr Vater sie. »Dem Herrn Ludwig von Leyenhorst bist du ja noch nicht vorgestellt worden«, fuhr er an seine Tochter gewandt fort. »Er wird heute Abend dein Tischherr sein.«

Auch das noch! Johanna unterdrückte ein Seufzen. Etwas unsicher sank sie in eine Reverenz, Ludwig von Leyenhorst verbeugte sich vor ihr. Auch

Gerdrud und Adelhaid begrüßte er mit einer angedeuteten Verbeugung. Er ließ sich auf keine Weise anmerken, was er von Johannas plötzlicher Verwandlung in die Tochter des Burgherrn hielt. Doch diese wagte kaum zu hoffen, dass er nicht auf ihre Lüge zurückkommen würde, wenn sie erst einmal nebeneinander am Tisch saßen.

Ludwig schien jedoch gar kein Interesse daran zu haben, Johanna Vorhaltungen zu machen. Zumindest vorerst nicht. Er war offensichtlich überhaupt nicht an ihr interessiert und widmete sich mit umso größerer Aufmerksamkeit den Speisen, die die Mägde vor ihnen auf den Tisch stellten.

Es gab Pasteten mit Pilzen und Kalbfleisch, Hecht, der mit Salbei, Kümmel und anderen Kräutern gefüllt war, Weintrauben, gebratenen Kapaun und sogar einen Rehbraten mit Ingwer im Teigmantel. Die Männer hatten am Tag zuvor offenbar Jagdglück gehabt.

Johanna konnte all die Köstlichkeiten nur betrachten. Ihr war so übel, dass sie fürchtete, keinen Bissen herunterzubringen. Stumm wie der tote Hecht saß sie neben Ludwig und verfolgte unter gesenkten Lidern, wie er mit seinen kräftigen Händen einige Weintrauben abzupfte und mit seinem spitzen Messer ein Stück vom Rehbraten aufspießte. Am kleinen Finger seiner linken Hand bemerkte Johanna einen ungewöhnlichen goldenen Ring. Es war eine herausragende Schmiedearbeit: Das edle Metall war geformt wie die Arme zweier Menschen, die einander festhielten. In ihrer Mitte umschlossen sie einen großen, dunkelroten Stein, der im Licht der Kerzen geheimnisvoll leuchtete. Dieses Schmuckstück war Johanna am Nachmittag gar nicht aufgefallen. Hatte er es da schon getragen?

Bisher hatte er noch kein Wort mit ihr gesprochen. Sicher war er wütend auf sie! Oder er fand ihr Verhalten so unmöglich, dass er sie mit Verachtung strafte. Johanna kaute auf ihrer Unterlippe herum. Sollte sie etwas sagen? Ein Tischgespräch gehörte zum guten Ton. Was sollte der Gast nur von ihr denken, wenn sie den Mund nicht aufbekam? Ihr Vater, der an ihrer anderen Seite saß, war auch keine Hilfe. Er lauschte seinem Tischnachbarn Wibald von Lichtenau, der lautstark eine seiner Anekdoten zum Besten gab. Immerhin ist dieser Kelch an mir vorübergegangen, dachte Johanna. Den geschwätzigen von Lichtenau auf der einen Seite und den schweigsamen von Leyenhorst auf der anderen, da hätte ich mich gefühlt wie zwischen zwei Mühlsteinen eingeklemmt.

Tante Gerdrud, die neben Adelhaids Vater saß, schien sich an dessen Gesellschaft hingegen nicht zu stören. Aufmerksam folgte sie seiner Rede und verzog gelegentlich sogar ihren Mund zu einem Lächeln. Du solltest öfter mal lächeln, Gerdrud, dachte Johanna, das lässt dich gleich viel jünger aussehen.

»Die Küche kann es ohne Weiteres mit der des Grafen aufnehmen, oder was meint Ihr?«, hörte Johanna da Adelhaids Stimme. Die Freundin saß an Ludwigs anderer Seite. Nun wendete der junge Ritter sich ihr zu.

Eine kluge Bemerkung über das Essen hätte mir eigentlich auch einfallen können! Johanna war wütend auf sich selbst. Es konnte doch nicht so schwer sein, geistreich zu plaudern. Adelhaid schaffte es ja auch mühelos.

»Unbedingt«, erwiderte er. »Zudem es mir an der Tafel des Grafen selten vergönnt ist, in so angenehmer Gesellschaft wie der Euren zu speisen.«

Adelhaid lachte und legte den Kopf ein wenig schief. Johanna biss sich so fest auf die Lippe, dass es wehtat. Adelhaid war also eine angenehme Gesellschaft! Und was war sie? Sie war die Tochter des Burgherrn, die sich im Stall herumtrieb und die man deshalb beim Essen getrost ignorieren konnte. Sie hatte es ja nicht anders verdient. Trotzdem fand sie sein Benehmen in diesem Moment himmelschreiend ungerecht.

»Sehr galant, Herr von Leyenhorst. Aber ich hatte bislang nie den Eindruck, dass es Euch an angenehmer weiblicher Gesellschaft am Hof gemangelt hätte.« Adelhaid lachte erneut und nahm der Bemerkung damit die Spitze.

Johanna lauschte gespannt. Natürlich erinnerte sie sich an die vielen schönen Frauen, die den Ritter bei dem Festmahl umschwärmt hatten. Sie fragte sich, was die Damen wohl an ihm fanden. Er sah gut aus, sicher. Sehr gut sogar. Und dann diese verwegene Narbe im Gesicht. Und diese unnahbare Art. Ja, das reizte wohl die Damen. Vermutlich hatte er einen ganzen Stall voll Verehrerinnen. Wieder spürte sie einen Stich in der Magengegend. Ich muss etwas essen, dachte sie, vielleicht gibt mein Magen dann Ruhe. Wahllos griff sie nach einer Scheibe des weißen Brotes und zerkrümelte es in kleine Brösel. Essen! Schnell steckte sie sich mehrere Bröckchen in den Mund.

»Ich muss sagen, ich war erstaunt, wie gut Parzival sich in nur zwei Wochen gemacht hat. Das kann nur das Ergebnis umsichtiger Pflege gewesen sein«, richtete Ludwig plötzlich das Wort an Johanna.

Sie verschluckte sich prompt und hustete heftig. Jetzt also kamen sie, die Vorhaltungen wegen ihres ungebührlichen Verhaltens und der unverschämten Lügerei. Sie röchelte und versuchte, Luft zu bekommen, bis ihr die Tränen in die Augen stiegen. Oh wunderbar!, verfluchte sie sich selbst. Er muss glauben, du hättest keinerlei Tischmanieren!

»Hier, trinkt.«

Johanna hob ihren hochroten Kopf. Geduldig hielt Ludwig ihr den gemeinsamen Weinbecher hin. Dankbar nahm sie einen großen Schluck, der Wein scheuerte ein wenig im Hals und gluckerte im leeren Bauch. Trotzdem trank sie gleich noch einmal. Endlich legte sich der Hustenreiz.

»Parzival ist schon ein besonderer Hengst«, sagte sie dann ausweichend. Immer noch wartete sie darauf, dass der Ritter zum Angriff überging. Doch Ludwig spießte nur ein weiteres Bratenstück auf sein Messer und verzehrte es genüsslich. Die Ruhe, die er ausstrahlte, war faszinierend, auch wenn sie in diesem Moment das Gefühl hatte, es müsste sich um die Ruhe vor dem Sturm handeln.

»Die Zucht Eures Vaters ist sehr beeindruckend. Ich überlege, ob ich nicht selbst eine kleine Zucht beginnen soll. Viel bescheidener natürlich«, fuhr der junge Ritter fort. »Allerdings müsste er mir dann verraten, wo man so reizende Stallmägde finden kann.«

Da, das war der Dolchstoß. Johanna hatte es ja die ganze Zeit geahnt. Das Blut schoss ihr erneut ins

Gesicht, dieses Mal ganz ohne Hustenanfall. Am liebsten wäre sie aufgesprungen und aus der Halle gelaufen. Dennoch riss sie sich zusammen.

»Ich fürchte, Ihr werdet keine finden. Die gibt es nämlich nur auf Eckstein«, entgegnete sie spitz und biss sich sogleich auf die Zunge. Oh Johanna, halt dein loses Mundwerk. Nun hast du ihn erneut beleidigt! Der Ritter aber betrachtete sie mit einem intensiven Blick aus seinen gesprenkelten Augen und um seinen Mund lag das Lächeln, das Johanna bereits so gut kannte.

»Das befürchte ich auch«, erwiderte er.

15

Johanna galoppierte mit Parzival über eine große Wiese. So schnell ritten sie, dass Johanna die bunten Blumen auf der Wiese nur als Farbkleckse erkennen konnte, die ineinanderflossen. Parzival trug weder Sattel noch Zaumzeug. Doch Johanna fühlte sich auf seinem Rücken vollkommen sicher. Mit beiden Händen hielt sie sich an seiner wehenden Mähne fest. Sie drückte die Schenkel fest gegen seinen Bauch und spürte die Kraft und die Ausdauer des Pferdes. Ihre Haare flogen ihr ums Gesicht, sie legte den Kopf in den Nacken und lachte der Sonne entgegen. Parzival fiel mit einem lauten Wiehern ein. Ja, mein Guter, das macht Spaß! Lass uns immer weiter reiten, immer weiter, nur du und ich!

Da tauchten plötzlich zwei Gestalten auf der Wiese auf. Parzival näherte sich ihnen in einem atemberaubenden Tempo. Ludwig von Leyenhorst und Wibald von Lichtenau!

»Mein Pferd, mein Pferd!«, rief der eine.

»Meine Braut, meine Braut«, der andere.

Wild wedelten sie mit den Armen. Johanna hielt die Luft an. Sie fürchtete, Parzival würde die beiden Männer einfach über den Haufen galoppieren.

»Zur Seite!«, rief sie. »Geht aus dem Weg!«

Die beiden Ritter blieben unbeirrt stehen.

Johanna riss an Parzivals Mähne, um den Hengst zum Stehen zu bringen oder ihn wenigstens in eine andere Richtung zu lenken. Doch der Hengst beschleunigte noch und setzte wenige Schritte vor den beiden Männern zum Sprung an. Johanna schlang die Arme um seinen Hals, um nicht abgeworfen zu werden. Sie schrie auf, erschrocken und erfreut zugleich, als sie spürte, wie sich der kräftige Leib des Tieres mit ihr in die Luft erhob, über die beiden Männer hinwegflog und dann immer weiter in die Höhe stieg.

Erstaunt schaute sie nach unten. Die Wiese entfernte sich immer mehr, die beiden Gestalten waren nur noch als winzige Punkte zu erkennen. Und unter ihren Füßen spürte sie plötzlich einen festen Halt. Sie konnte es kaum glauben: Parzival waren Flügel gewachsen!

Mit kräftigen Schlägen schraubte er sich weiter nach oben und trug seine Reiterin der Sonne entgegen. Schon spürte sie die Hitze. Wir werden verbrennen!, fürchtete sie.

Und erwachte mit einem Stöhnen.

Mit weit aufgerissenen Augen starrte Johanna auf den bestickten Baldachin über ihrem Bett. Das Blumenmuster konnte sie nicht erkennen, dafür reichte das Mondlicht, das durchs Fenster fiel, nicht aus. Zumal sie die schweren Bettvorhänge zugezogen hatten, um nicht in der Zugluft frieren zu müssen. Es war ein Traum, nur ein Traum!, versuchte sie sich zu beruhigen. Ihr Atem ging stoßweise, sie spürte den Schweiß auf Gesicht und Rücken. Neben ihr atmete Adelhaid in gleichmäßigen Zügen.

Johanna schob die Decke von ihrem Körper, teilte die schweren Vorhänge mit der Hand und kletterte möglichst leise aus dem Bett. Sie wollte Adelhaid nicht wecken. Doch an Schlaf war nicht mehr zu denken. Zum einen grummelte ihr Magen und beklagte sich, dass er nichts zum Abendessen bekommen hatte, zum anderen hatte der seltsame Traum sie immer noch fest im Griff. Endlos drehten sich die Bilder in ihrem Kopf im Kreis.

Sie trat ans Fenster und fröstelte, als ein kalter Luftzug sie ergriff. Achtlos griff sie sich ein wollenes Tuch von dem Stapel Kleider, der am Boden lag, um es sich um die Schultern zu schlingen. Dabei rutschte ein kleiner Brief auf den Boden. Dieser verfluchte Brief, der hat mir gerade noch gefehlt!, dachte sie. Trotzdem hob sie ihn auf und nahm ihn mit zur Fensterbank. Sie setzte sich auf eines der weichen Kissen und wog das Papier in ihrer Hand. Das Schreiben war versiegelt, doch das Siegel war nicht gekennzeichnet. Das wunderte sie. Sie hielt den Brief gegen das fahle silbrige Mondlicht, das durchs Fenster fiel. Das Papier gab sein Geheimnis nicht so einfach preis. Sei's drum!, dachte Johanna und brach das Siegel.

Nur wenige Zeilen waren mit einer geraden, schönen Schrift auf dem Bogen niedergeschrieben:

Als mein Blick den Euren kreuzte,
wusste ich, es ist für immer.
So als hätten Eure Augen
tief in mir mein Herz berührt.
Und als hätten Eure Hände
mich ganz sanft nach Haus geführt.
Wenn Ihr wollt, bin ich der Eure,
heute, morgen, allezeit.
Wie der Ring an Eurem Finger
glühen wird in Ewigkeit.

Nachdenklich starrte Johanna auf das Blatt in ihrer Hand. Die Worte hatten etwas in ihr zum Klingen gebracht. Sie spürte eine Wärme, die vorher nicht da gewesen war. Ein Flattern im Bauch. Und ein Rauschen im Kopf. Was war das? Plötzlich musste sie an Ludwig von Leyenhorst denken. Wie er Parzival seine kräftige Hand vorsichtig hingestreckt hatte. Und wie vertrauensvoll Parzival daran geschnuppert hatte. Der Brief löste das gleiche Gefühl in ihr aus, so als würde ihr eine Hand entgegengestreckt. Stark und doch behutsam. Wie schön wäre es, diese Hand zu ergreifen, dachte sie. Und schüttelte sich. Nein!

Diese Hand streckte Wibald von Lichtenau nach ihr aus. Das Schreiben kam von ihm, das wusste sie ganz sicher, auch wenn sie dem alten Ritter keine solche Poesie zugetraut hätte. Doch ein paar schöne Worte änderten nichts an der Realität. Und in der wirklichen Welt würde Ludwig von Leyenhorst am Morgen mit Parzival auf und davon reiten. Und sie, Johanna, würde Wibald von Lichtenau heiraten müssen, da konnte ihr Vater noch so viel von ihrer freien Wahl sprechen. Eine junge Adlige hatte keine freie Wahl, das wusste sie nur zu gut. Wenn es nicht Wibald von Lichtenau wäre, dann wäre es irgendwann ein anderer Mann. Gar nicht zu heiraten, das war undenkbar. In der wirklichen Welt gab es so etwas nicht. Das gab es nur im Traum.

Außer … Auf einmal kam Johanna ein Gedanke. Ihr Traum! Im Traum war sie mit Parzival davongeritten. Allein. Und hatte alles hinter sich gelassen. Was, wenn sie das wirklich täte? Natürlich, das war die Lösung! Ludwig würde Parzival nicht bekommen. Und Wibald konnte sich nach einer anderen Braut umsehen.

Sie würde einfach verschwinden.

Eilig sprang sie auf, griff nach ihrer Kotte und schlüpfte hinein. Sie musste sich beeilen. Am Horizont war schon ein heller Streifen zu sehen, der vom herannahenden Morgen kündete. So leise wie möglich schlich sie aus dem Zimmer.

Es war fast so wie in ihrem Traum. Nur schien die Sonne noch nicht, als Johanna mit Parzival über die Wiese auf den Waldrand zugaloppierte. Ihre Haare wehten im Wind mit Parzivals Mähne um die Wette und sie verspürte fast so etwas wie Glück. Sie legte den Kopf in den Nacken und lachte. Uns kriegt ihr nicht!

In ungebremstem Galopp ritten sie in den Wald. Hier zwischen den hohen Bäumen wohnten noch die Schatten der Nacht, früher Nebel waberte um die Stämme, nur die Vögel waren bereits erwacht und stimmten ihren morgendlichen Gesang an. Der Waldboden war uneben, Zweige brachen knackend unter Parzivals trommelnden Hufen entzwei, kleine Äste streiften Johannas Gesicht. Vor ihnen tauchte im Dunst ein Bachlauf auf.

Johanna hatte schon damit gerechnet, sie wusste genau, wo sie war. Übermütig stieß sie Parzival die

Fersen in die Seiten, damit er über das Bächlein hinwegsetzte. Er spannte den Körper an, zum Sprung bereit. Wie in meinem Traum!, dachte sie. Der Hengst hob vom Boden ab und flog über das Wasser hinweg – und plötzlich wurde Johanna durch die Luft geschleudert. Sie konnte sich gerade noch zu einer Kugel zusammenrollen, bevor sie auf den Waldboden aufschlug. So nahe am Wasser war der Boden dick mit Moos bewachsen, die Erde war feucht und weich. Das war ihr Glück. Sie überschlug sich zwei-, dreimal und blieb dann orientierungslos liegen.

Parzival war nach dem schnellen Sprung noch ein gutes Stück weitergelaufen, als er jedoch bemerkte, dass Johanna gestürzt war, machte er augenblicklich kehrt und lief zu ihr zurück. Beschämt senkte er seinen breiten Kopf und stupste gegen ihre Schulter. Er wieherte nervös.

»Schon gut, nichts passiert«, versuchte Johanna, ihn zu beruhigen. Das hoffe ich zumindest, fügte sie in Gedanken hinzu. Mühsam rappelte sie sich auf. Ihr Kopf dröhnte ein bisschen, tat aber nicht übermäßig weh. Ihr Körper fühlte sich an, als wäre eine Herde Wildpferde darüber hinweggaloppiert, aber sie wusste, das würde vergehen. Es war ja nicht das erste Mal, das sie vom Pferd stürzte. Die jungen, noch nicht zugerittenen Tiere in der Zucht ihres Vaters machten sich einen Sport daraus, ihre Reiter abzuwerfen. Als Johanna jedoch versuchte, aufzustehen, fuhr ein heftiger Schmerz durch ihren rechten Knöchel. Sie knickte weg und landete erneut unsanft auf dem Boden.

»Verflucht«, schrie sie laut auf. »Den Fuß hat's erwischt.«

Unschlüssig blieb sie sitzen – und entdeckte direkt neben dem Bachlauf ihren Sattel. Das war also der Grund für ihren Sturz. In ihrer Eile hatte sie den Riemen wohl nicht fest genug angezogen, sodass er sich bei dem gewagten Sprung gelöst hatte. Und jetzt saß sie hier, mitten im Wald, unfähig alleine aufzustehen, geschweige denn aufs Pferd zu steigen. Was sollte nun aus ihrer Flucht werden? Noch nicht einmal nach Hause würde sie es ohne Hilfe schaffen. Verflucht! Verflucht! Verflucht! Ärgerlich wischte sie mit der Hand über die Augen, um die Tränen zu vertreiben, die plötzlich beharrlich hinaus wollten. Parzival stupste sie erneut an und schnaubte, als wolle er ihr sagen: Kopf hoch, Mädchen!

Matt lächelte Johanna. »Was machen wir denn jetzt bloß?«

Parzival deutete mit dem Kopf in die Richtung, aus der sie gekommen waren.

»Was meinst du?«, fragte Johanna verwundert.

Doch dann hörte sie es auch: dumpfes Pochen auf dem Waldboden. Eilige Hufschläge kamen näher. Schon konnte Johanna eine Gestalt auf einem Pferd erkennen, das aus dem Nebel auftauchte. Der Reiter erreichte den Bach, ließ sein Pferd hindurchtraben, dass das Wasser nur so spritzte, und brachte es mit einem Schnalzen zum Halten. Ludwig von Leyenhorst! Johanna sank der Mut. Von allen Menschen auf der Burg musste jetzt ausgerechnet der Ritter, mit dessen Pferd sie die Flucht angetreten hatte, vor ihr stehen.

»Guten Morgen, Fräulein Johanna, so früh schon unterwegs?«, begrüßte er sie fröhlich und schwang sich elegant von seinem Rappen.

»Ja, ich konnte nicht schlafen«, erwiderte sie. Immerhin war das die halbe Wahrheit. Von ihren Plänen musste Ludwig ja nicht unbedingt etwas erfahren. Trotzdem kam sie sich ziemlich komisch vor, hier so am Boden sitzend, während der junge Mann sie musterte.

»Das kenne ich. Ein schneller Ritt vertreibt mir dann stets die trüben Gedanken«, entgegnete er. Er verzog keine Miene. »Doch wie mir scheint, hat Euer Ausritt jäh geendet«, fuhr er freundlich fort. »Oder war Eure kleine Rast an diesem malerischen Bächlein beabsichtigt?« Machte er sich etwa schon wieder über sie lustig? Seine Mundwinkel zuckten, während seine schönen Augen ernst wirkten, beinahe besorgt.

»Ich bin gestürzt«, räumte Johanna kleinlaut ein. Dem Ritter diese Schmach einzugestehen, fiel ihr nicht leicht.

»Nun, dann lasst mich Euch aufhelfen.« Er streckte ihr seine Hand so selbstverständlich entgegen, dass Johanna sie ergriff, ohne zu zögern, auch wenn es unziemlich war. Als sie jedoch versuchte, aufzustehen, stach erneut der Schmerz in ihren Knöchel. Sie biss sich auf die Unterlippe und verzog das Gesicht. Mit einem leisen Stöhnen sank sie zurück auf den Boden.

»Habt Ihr Euch verletzt?« Die Besorgnis, die Johanna in seinen Augen nur erahnt hatte, war in seiner Stimme deutlich zu hören.

»Mein Fuß.« Sie deutete auf ihr rechtes Bein.

»Lasst mich sehen.« Schon hatte Ludwig sich zu ihr gekniet und schob ihr langes Kleid ein Stück nach oben, um sich ein Bild von ihrer Verletzung zu machen.

Johanna wollte protestieren. Dass ein Mann ihren Knöchel zu sehen bekam, ihn noch dazu untersuchen wollte, das gehörte sich nun wirklich nicht! Doch Ludwig ließ sie gar nicht zu Wort kommen.

»Das sieht nicht gut aus«, murmelte er, während

er mit seinen kräftigen Händen überraschend sanft ihren Fuß abtastete. »Der Knöchel ist bereits geschwollen. Wir werden ihn kühlen müssen.«

Johanna staunte. Nicht nur, weil er sich so bedenkenlos über die Regeln des Anstands hinwegsetzte. Er schien auch genau zu wissen, was er da tat. Und er tat es auf eine so ruhige, aber bestimmte Weise, dass sie das Gefühl hatte, sich seiner Fürsorge getrost überlassen zu können.

Schon war Ludwig aufgesprungen, zog seinen feinen Umhang von den Schultern, trat an den Bach und tauchte einen Teil des edlen Stoffes in das fließende Wasser. Dann wrang er ihn aus und legte Johanna das kalte Tuch um das Bein.

»Was macht Ihr da? Der gute Umhang!«

Der Ritter tat ihre Bemerkung mit einer unwilligen Handbewegung ab. »Je eher wir den Knöchel kühlen, desto schneller wird er wieder abschwellen«, erklärte er. »Lasst uns noch ein Weilchen warten, und dann sollten wir aufbrechen, bevor Ihr Euch auf dem feuchten Boden verkühlt. Meint Ihr, dass Ihr reiten könnt?«

»Reiten ist nicht schwierig.« Johanna lachte auf. »Allein das Aufsteigen wird mir kaum gelingen.«

»Nun, das Problem sollten wir lösen können.« Ludwig bedachte sie mit einem breiten Lächeln.

Johanna staunte, wie sehr es sein sonst so ernstes Gesicht veränderte. Die grünbraunen Augen schienen plötzlich zu funkeln, als sich winzige Lachfältchen in den Augenwinkeln bildeten. Sie konnte nicht anders, sie musste das Lächeln erwidern.

»Oh, was müsst Ihr nur von mir denken, Herr von Leyenhorst!«, sprudelte sie hervor. »Erst tische ich Euch eine Lüge über meine Herkunft auf und dann reiße ich auch noch mit Parzival aus, der doch eigentlich Euch gehört.« Beschämt senkte sie den Blick. Auf einmal war es ihr gar nicht mehr egal, was der Ritter von ihr dachte.

»Überlass das Denken den Pferden, die haben die größeren Köpfe«, entgegnete Ludwig verschmitzt. »Das hat mein Vater immer gesagt. Und der war ein kluger Mann.«

Johanna hob die Augen und schaute ihn überrascht an.

Er hatte den Kopf leicht zur Seite geneigt und betrachtete sie aufmerksam. »Wollt Ihr mich nicht Ludwig nennen. Wenn man Herr von Leyenhorst zu mir sagt, meine ich noch immer, man spräche von meinem Vater. Und wir sind doch hier unter uns.«

»Bis auf die Pferde«, antwortete Johanna schelmisch. Ihre Selbstsicherheit war dank Ludwigs freundlicher Worte zurückgekehrt.

»Ja, bis auf die Pferde«, stimmte er zu. »Aber die

werden uns sicher nicht verraten, wenn wir es mit der Etikette nicht allzu genau nehmen.«

»Nein, Verschwiegenheit ist eine ihrer vielen guten Eigenschaften«, stimmte Johanna zu.

»Die habe ich auch immer an ihnen geschätzt. Wenn ich einmal Kummer hatte, bin ich meist in den Stall gegangen«, erzählte Ludwig freimütig. »Kaum jemand kann so gut zuhören wie ein Pferd, das man sich zum Freund gemacht hat.«

Johanna konnte nicht glauben, dass es dem jungen Ritter, der so stark und unnahbar wirkte, manchmal ähnlich erging wie ihr. »Welcher Kummer könnte Euch bedrücken, Ludwig?«, wagte sie zu fragen – und bereute ihre Forschheit sogleich, als sich ein bitterer Zug um seinen Mund legte.

»Oh, nur die üblichen Sorgen, die wohl jeden Knaben bedrücken würden, der auf einen Schlag seine ganze Familie verliert und von heute auf morgen zu einem guten Ritter, Burgherrn und Lehnsmann werden muss«, erwiderte Ludwig heftig. Als er Johannas Schrecken bemerkte, fuhr er ruhiger fort: »Sorgt Euch nicht, es ist mir nicht schlecht bekommen. Ich habe die eine oder andere Narbe davongetragen. Diese hier«, er tippte sich mit dem Finger gegen die Schläfe, »stammt übrigens von einem der ersten Übungskämpfe, die ich gegen die anderen Knappen ausfechten musste. Sie hatten bereits jahrelange Übung mit dem Schwert. Ich hingegen konnte nur eine Schreibfeder ordentlich führen. Doch wenn ich eins gelernt habe, dann war es, nicht mit dem Schicksal zu hadern. Selbst wenn es vorsieht, dass wir unseren Heimweg ohne unsere Pferde antreten müssen!«, wechselte er abrupt das Thema, sprang behände auf und lief zwischen den Bäumen davon.

Verwirrt blieb Johanna zurück, von Ludwigs Worten eigentümlich berührt – und von seinem Verschwinden überrumpelt. Doch als sie sich umschaute, verstand sie, warum er es so eilig hatte. Die Pferde waren nirgends zu sehen. Offenbar hatten sie die Unaufmerksamkeit ihrer Reiter für einen kleinen Spaziergang genutzt.

Kurz darauf kehrte Ludwig zurück, an jeder Hand führte er einen der Ausreißer. »Ich habe sie auf einer kleinen Lichtung erwischt. Sie waren genüsslich beim Grasen«, rief er Johanna zu und meinte dann: »Lasst uns aufbrechen. Es geht auf Mittag zu, vermutlich wundert man sich auf der Burg bereits, wo wir stecken.«

Johanna erzählte ihm lieber nicht, dass sich auf der Burg selten jemand wunderte, wenn sie für unbestimmte Zeit verschwand. Die Sonne stand inzwischen tatsächlich hoch am Himmel und schickte ihre Strahlen durch die dichten Baumkronen, sodass lange helle Streifen auf den Boden fielen. Johanna hatte gar nicht bemerkt, wie schnell die Zeit vergangen war.

Ludwig legte Parzival den Sattel auf und zog den ledernen Gurt fest. Dann beugte er sich zu Johanna und stützte ihren Arm, während sie sich mit der Hand an seiner Schulter in die Höhe zog. Er fasste sie um die Taille, hob sie hoch, als wäre sie federleicht, und setzte sie vorsichtig auf Parzivals breiten Rücken. Der Hengst ließ alles stoisch über sich ergehen. Johanna brauchte nicht einmal ihre Beine einzusetzen, um das Pferd in Bewegung zu bringen, schon auf ihr leises Schnalzen hin setzte es sich brav in Bewegung. Ludwig lenkte seinen Rappen neben sie und schweigend durchquerten sie den Bach.

Johanna blickte auf Ludwigs Hände, die ruhig die Zügel führten. Wieder fiel ihr der Ring an seinem kleinen Finger auf. Ein Sonnenstrahl brach durch das Blätterdach und fing sich in dem dunkelroten Stein, der daraufhin von innen zu leuchten schien.

»Das ist ein ungewöhnliches Schmuckstück, das Ihr da tragt.« Sie wies auf seine Hand. »Hat es eine besondere Bedeutung?«

Ludwig fasste die Zügel mit der Rechten und betrachtete den Ring an seiner Hand, als sehe er ihn zum ersten Mal. »Ein Erbstück. Der Ring gehörte meiner Mutter. Mein Vater hat ihn ihr zur Verlobung geschenkt. Die Arme, die sich umschlungen halten, symbolisieren Verbundenheit. Der Stein ist ein Rubin. Man sagt, er fördere die Liebe und verleihe Willenskraft. Auch gilt er als Schutz vor der Pest. Bei meiner Mutter hat er in dieser Hinsicht allerdings versagt.«

»Oh.« Johanna wusste nicht, was sie erwidern sollte.

Sie waren inzwischen am Waldrand angelangt. In der Ferne konnte man bereits den Hügel mit der trutzigen Burg Eckstein erkennen, die im warmen Licht lag. Ohne dass sie sich darüber verständigt hätten, lenkten die Reiter ihre Pferde nach links und ritten am Waldrand entlang, anstatt den direkten Weg über die Wiese einzuschlagen.

Johanna genoss diesen unerwarteten gemeinsamen Ausritt. Der Schmerz in ihrem Fuß war bereits abgeklungen, und sie verspürte wenig Lust, zur Burg zurückzureiten. Erst jetzt fiel ihr auf, wie verwunderlich es war, dass Ludwig den gleichen Weg gewählt hatte wie sie selbst.

»Wie kam es eigentlich, dass ihr heute Morgen gerade diesen Weg eingeschlagen habt?«, fragte sie ihn. »Nicht, dass ich nicht dankbar dafür wäre …«

»Der Stallknecht mit dem feuerroten Haar gab

mir einen Hinweis, in welche Richtung Ihr geritten seid«, antwortete Ludwig.

Michel, dachte Johanna, hast du mich etwa beobachtet? Und ich dachte, ich wäre unbemerkt aus dem Gestüt verschwunden. Dann stutzte sie. Was hatte Ludwig da gerade gesagt?

»Heißt das, Ihr seid mir gefolgt?«, fragte sie überrascht.

Ludwig schüttelte heftig den Kopf, wodurch er seine blonden Haare in eine wirre Unordnung brachte. »Nein, natürlich nicht. Ich wollte nur herausfinden, wohin mein Pferd so früh am Morgen will.«

Johanna spürte eine leichte Hitze auf ihren Wangen. Er nimmt es mir doch übel, dass ich einfach so mit Parzival verschwunden bin. Sie wollte gerade zu einer Erwiderung anheben, als Ludwig ihr signalisierte, still zu sein. Er deutete nach vorn.

Ein Stück vor ihnen machte der Wald einer schmalen Straße Platz, die sich durch die Felder bis nach Eckstein wand. Auf dieser Straße näherte sich in schnellem Tempo eine Gruppe von Reitern, vielleicht zehn an der Zahl, alle in dunkle Mäntel gehüllt. Plötzlich hob der erste Reiter den Arm und zeigte nach rechts. Daraufhin drosselten die Männer ihre Geschwindigkeit und lenkten die Pferde in den Wald.

»Was hat das zu bedeuten?«, fragte Johanna unsicher.

»Ich weiß es nicht«, antwortete Ludwig, »aber es gefällt mir nicht. Überhaupt nicht.«

16

»Wir warten, bis es dunkel wird, dann reiten wir los!« Johanna kannte diese Stimme. Aber ihr wollte einfach nicht einfallen, zu wem sie gehörte. Und von ihrem Beobachtungsposten hinter den Bäumen war der Sprecher nicht zu erkennen. Fragend schaute sie Ludwig an, doch der legte einen Finger auf die Lippen. Still, ganz still!, sollte das bedeuten.

Als die Fremden in den Wald geritten waren, hatten auch Johanna und Ludwig ihre Pferde zurück zwischen die Bäume gelenkt und sich in einem weiten Bogen der Stelle genähert, an der sie die Reiter vermuteten. Es war nicht allzu schwer, denn die Männer gaben sich keine Mühe, leise zu sein. Wahrscheinlich erwarteten sie hier im Wald keine unerwünschten Zuhörer. Das letzte Stück hatte Ludwig dann zu Fuß zurückgelegt und dabei ihre beiden Pferde am Zügel geführt, damit sie so wenige Geräusche wie möglich verursachten. In der Nähe der Lichtung hatte er Parzival und seinen Rappen schließlich an einem tief hängenden Ast festgebunden. Er wollte Johanna zunächst dort zurücklassen, aber sie fand, das käme gar nicht infrage! Mit fest zusammengebissenen Zähnen folgte sie ihm humpelnd durch das Unterholz und lächelte tapfer, als er sich zu ihr umdrehte. Schließlich versteckten sie sich hinter dicken Baumstämmen und belauschten die Gruppe, ohne selbst gesehen zu werden.

»Warum so lange warten?«, entgegnete einer der Männer ungeduldig. »Sie rechnen nicht mit uns. Und wir sind ihnen weit überlegen. Lasst uns sofort weiterreiten!«

»Wenn ich sage, wir warten, dann warten wir«, antwortete der Anführer schneidend.

Plötzlich wurde Johanna klar, wer da sprach. Ein eiskalter Schauer lief ihr über den Rücken. Otto von Kleve! Mit Grausen erinnerte sie sich an seinen mörderischen Gesichtsausdruck beim Festmahl. War er jetzt gekommen, um Rache zu üben? Was hatte er vor? Wenn er die Burg angreifen wollte, dann hatte er eine lächerlich kleine Truppe von Kämpfern dabei. Ihr Vater und ihre Brüder würden sie mithilfe der Waffenknechte sofort zurückschlagen. Auch wenn Ottos Gefährten vermutlich üble Burschen waren, denen im Kampf jedes Mittel recht war. Johanna wunderte sich noch, als Otto das Wort wieder ergriff.

»Also, wie besprochen. Wir reiten ins Gestüt, nehmen so viele der wertvollen Tiere mit wie möglich und zünden die Ställe an. Wir müssen schnell sein, ich will unerkannt bleiben. Sollte sich euch irgendjemand in den Weg stellen, tötet ihn.«

Johanna stieß einen Schreckensschrei aus – doch Ludwig hatte ihr geistesgegenwärtig die Hand vor den Mund gelegt und so war nur ein unterdrücktes Schluchzen zu hören. Mit riesigen, angsterfüllten Augen sah sie ihn an. Er schüttelte den Kopf. Wir können hier nichts ausrichten, sollte das wohl heißen. Erneut legte er den Finger auf die Lippen und als Johanna zögerlich nickte, nahm er seine Hand fort. Energisch deutete er in Richtung der Pferde, ergriff Johannas Arm und stützte sie. Erst als sie wieder aufgesessen waren und sich bereits ein gutes Stück von Otto von Kleve und seinen Männern entfernt hatten, wagte es Johanna, den Mund aufzumachen.

»Dieser widerliche …«, stieß sie hervor. Ihr fiel keine passende Bezeichnung für den Mann ein, dessen abscheulichen Plan sie gerade belauscht hatten.

»… Bastard?«, schlug Ludwig vor, entschuldigte sich aber sogleich für die unangemessene Wortwahl in Gegenwart einer Dame.

Gegen ihren Willen musste Johanna lachen,

dann wurde sie wieder ernst. »Lasst uns so schnell wie möglich zur Burg zurückreiten, um die anderen zu warnen«, bat sie Ludwig.

Er wiegte den Kopf hin und her, als habe er Bedenken. »Mit dem verletzten Fuß könnt Ihr unmöglich galoppieren. Außerdem führt der kürzeste Weg über die Straße. Da laufen wir Gefahr, dass Ottos Männer uns bemerken und möglicherweise angreifen. Nein, lasst uns noch ein Stück durch den Wald und hinter der nächsten Kuppe quer über die Felder reiten. Das kostet zwar Zeit, aber wir können sicher sein, unentdeckt zu bleiben. So erreichen wir das Gestüt noch vor Einbruch der Dunkelheit und können den Stallmeister und die Knechte warnen.«

Johanna war von seinem Vorschlag nicht gerade begeistert. Sie fürchtete angesichts des Umwegs, zu spät zu kommen und hätte lieber gleich ihren Vater und die anderen Männer auf der Burg verständigt, damit diese im Gestüt auf die Angreifer warten konnten. Doch Ludwig hatte recht. Wenn sie die Straße nahmen, war die Gefahr groß, selbst Opfer eines Angriffs zu werden. Dann könnten sie niemanden mehr warnen …

Die Sonne war bereits verschwunden, als sie endlich das Gestüt erreichten. Der Hof und die Stallgebäude lagen ruhig im Halbdunkel, die Knechte hatten ihr Tagewerk beendet. Vermutlich saßen sie im Wohnhaus um den großen Tisch und ließen sich ein kräftiges Abendbrot schmecken. Von den Angreifern war noch nichts zu sehen.

»Reitet hinauf zur Burg. Berichtet Eurem Vater, was wir gehört haben und sagt ihm, er soll mit seinen Männern so schnell wie möglich ins Gestüt kommen«, wies Ludwig Johanna an, als sie die erschöpften Pferde vor dem Hofeingang zum Stehen brachten. Auch Johanna fühlte sich müde nach diesem langen, ereignisreichen Tag. Gleichzeitig spürte sie, wie die Unruhe durch ihren Körper pulsierte. Sie waren nicht zu spät gekommen. Doch was wollte Ludwig hier alleine ausrichten, wenn ihr Vater nicht schnell genug zu Hilfe eilen würde?

»Was wollt Ihr so lange tun?«

»Macht Euch um mich keine Gedanken. Ich habe gelernt, mich auch gegen eine Überzahl von Angreifern zur Wehr zu setzen. Mir wird schon etwas einfallen.« Er nickte ihr zu, wendete seinen Rappen und lenkte ihn auf das Haus des Stallmeisters zu.

Johanna war gar nicht wohl dabei, Ludwig ins Gestüt reiten zu sehen. Doch was konnte sie anderes tun, als seinen Anweisungen zu folgen? Allein hatte er gegen die zehn Angreifer wohl kaum eine Chance. Sie musste ihren Vater verständigen.

»Du bleibst hier!« Erhard von Eckstein blickte seine Tochter streng an.

»Im Leben nicht!« Stur hielt Johanna seinem strengen Blick stand.

Sie hatte Glück im Unglück gehabt. Der Weg hinauf zur Burg war ihr endlos erschienen, doch schon am Tor war ihr Peter begegnet, dem sie die Situation mit wenigen Sätzen begreiflich machen konnte. Er war daraufhin in die Halle gestürmt, wo sich die meisten Burgleute bereits zum Essen versammelt hatten, und hatte den Vater alarmiert. In Windeseile hatten Erhard, seine Söhne, die Waffenknechte und sogar Wibald von Lichtenau sich kampfbereit gemacht. Die Pferde standen gesattelt im Hof, als die Männer hinausgestürmt kamen. Erhard von Eckstein war bereits aufgesessen, als er Johanna auf Parzival bemerkte.

»Was dort unten gleich passieren wird, ist nichts für die Augen einer jungen Dame«, erklärte er entschieden. Überzeugt, damit das letzte Wort gesprochen zu haben, gab er seinen Männern das Zeichen zum Aufbruch. In einer gewaltigen Staubwolke ritten sie aus dem Burghof – und Johanna schloss sich ihnen an.

Obwohl ihr Knöchel wieder heftig schmerzte, gelang es ihr, dicht hinter den Männern zu bleiben, die ihre Pferde mit fliegenden Hufen den Berg hinabtrieben. In ihrem Kopf rasten die Gedanken. Würden sie es rechtzeitig ins Gestüt schaffen? Was würden sie dort vorfinden? Noch sah sie kein Feuer, diesen Teil seines teuflischen Plans hatte Otto von Kleve also bislang nicht umgesetzt. Doch das konnte er jeden Moment tun. Dann gäbe es für die Pferde keine Rettung mehr. Die Ställe aus Holz, gefüllt mit trockenem Heu, würden ein Fest für die Flammen sein! Und was war mit Ludwig? Was sollte der Ritter alleine gegen zehn Angreifer ausrichten?

Johanna spürte, wie ihr die Sorgen die Brust zuschnürten.

Es war fast vollständig dunkel, als die Reiter endlich das Gestüt erreichten. Der Mond stand groß am wolkenlosen Nachthimmel und tauchte die Stallungen und den Vorplatz in ein seltsames silbriges Licht. Und auch die Szene, die sich vor ihren Augen abspielte, kam Johanna seltsam unwirklich vor. Sie hatte mit allem Möglichen gerechnet: Brennenden Ställen, panischen Pferden, einem Blutbad – aber sicher nicht damit, dass ein Grüppchen schwarz gekleideter und vermummter Männer gleich hinter dem Tor auf dem Boden hockte und von drei Stallknechten mit Mistgabeln in Schach gehalten wurde. Versuchte einer von ihnen, aufzustehen, stach sogleich einer der Knechte mit der spitzen Gabel nach ihm, sodass er keine Chance hatte, sich aus seiner misslichen Lage zu befreien. Die Pferde der Angreifer irrten im Hof umher, drei hatten die hölzerne Tränke entdeckt und stillten dort ihren Durst.

Noch während Johanna versuchte, sich einen Reim darauf zu machen, entdeckte sie, dass keineswegs alle Angreifer unschädlich gemacht waren. Fünf von ihnen waren noch auf den Beinen. Zwei droschen erbarmungslos auf Gunter und Michel ein, die sich mehr schlecht als recht abmühten, sich die erfahrenen Kämpfer mit langen Eisenstangen vom Leib zu halten. Die drei anderen stürmten auf einen einzelnen Mann zu, der mit dem Schwert in beiden Händen in der Mitte des Hofes stand und den schwarzen Gestalten scheinbar gelassen entgegensah. Im silbrigen Mondlicht schien sein blondes Haar zu glänzen, als würde es von selbst leuchten.

Ludwig!

»Nein!«, schrie Johanna, als der erste Angreifer den jungen Ritter erreichte und ihre Schwerter mit einem lauten Klirren aufeinanderprallten.

Johanna nahm kaum wahr, dass ihr Vater und die anderen Männer der Burg auf ihren Pferden in den Hof galoppierten und die Fremden mit wenigen Streichen außer Gefecht setzten. Sie hatte nur Augen für den Kampf zwischen Ludwig und seinem Gegner. Ihre Schwerter stießen in einem so schnellen Takt gegeneinander, dass sie Mühe hatte, dem Geschehen zu folgen. Doch kaum hatte es begonnen, war es auch schon wieder vorbei. Ludwig wehrte einen Schlag ab, versuchte, unter dem nächsten durchzutauchen, strauchelte und fiel. Der Angreifer hob sein Schwert, um es in den Leib des Gestürzten zu stoßen – da packten ihn Johannas Vater und ihr Bruder Herman von hinten und hielten ihn fest.

Johanna spürte, wie eine eisige Kälte ihren ganzen Leib erfasste. Ludwig lag am Boden. Er rührte sich nicht. War er verwundet? Oder schlimmer? Lebte er überhaupt noch? Sie sprang vom Pferd. Schmerz zuckte durch ihren Knöchel, doch sie schenkte ihm keine Beachtung. Mit fliegendem Rock rannte sie über den Hof. Vor lauter Angst hatte sie das Gefühl, nicht mehr atmen zu können. Neben dem Ritter sank sie auf die Knie.

»Ludwig …« Sie wollte seinen Namen rufen, doch es drang nur ein heiseres Flüstern aus ihrer Kehle, die sich völlig ausgetrocknet anfühlte. Johanna hob ihre Hand, um Ludwig an der Schulter zu rütteln, wagte dann aber nicht, ihn zu berühren. Vielleicht war er zu schwer verwundet und sie würde ihm Schmerzen zufügen. Da schlug er seine Augen auf und sah sie verwundert an.

»Johanna, was macht Ihr denn hier?«

»Oh mein Gott, Ludwig, geht es Euch gut? Seid Ihr verletzt? Tut Euch etwas weh?« Johanna verhaspelte sich in ihrem Bemühen, alle Fragen auf einmal loszuwerden.

»Nein, mir geht es gut, glaube ich.« Ludwig setzte sich auf und bewegte Arme, Beine und den Kopf, als wolle er überprüfen, dass noch alles dran war. »Mein Kopf dröhnt ein wenig. Vermutlich ist er etwas unsanft auf dem Boden aufgeschlagen. Aber ich habe einen harten Schädel, der hält was aus.« In einem Mundwinkel zuckte es fast unmerklich.

Unsicher erwiderte Johanna sein Lächeln. »Wir werden ihn kühlen müssen«, sagte sie. Froh, etwas tun zu können, sprang sie auf und eilte zur Tränke. Aus ihrem Unterrock riss sie einen breiten Streifen Stoff, tauchte ihn in das Wasser und kehrte damit zu Ludwig zurück. Er saß immer noch am Boden, doch in diesem Moment trat Erhard von Eckstein zu ihm und streckte ihm die Hand entgegen, um ihm aufzuhelfen. Johanna fiel ein Stein vom Herzen, als sie sah, wie leicht Ludwig wieder auf die Füße kam. Dennoch reichte sie ihm den nassen Lappen. Er nahm ihn mit einem dankbaren Nicken und drückte ihn gegen die Stirn.

»Ihr kamt zur rechten Zeit«, sagte er zu Erhard.

»Nur weil es Euch gelungen ist, diese hinterhältigen Kreaturen aufzuhalten«, erwiderte Johannas Vater. Er deutete zum Tor, wo die Männer von Burg Eckstein gerade dabei waren, den Fremden die Waffen abzunehmen und ihnen die Hände auf den Rücken zu binden. Auch Herman hatte seinen Gefangenen zum Tor gezerrt und ihm die Maske vom Kopf gezogen. Johanna erkannte Otto von Kleve, dessen Züge wie versteinert wirkten. Plötzlich dachte sie an Michel und Gunter. Da entdeckte sie erleichtert den Freund und seinen Vater, die Schulter an Schulter gegen eine Stallwand gelehnt saßen und von Margret untersucht wurden. Johanna hatte nicht den Eindruck, dass einer von ihnen schwer verwundet war.

»Verratet mir, wie Ihr es geschafft habt, so viele von ihnen zu überwältigen«, wollte Erhard beinahe ehrfürchtig wissen.

Ludwig lachte, es klang ein wenig spöttisch. »Mit einem sehr einfachen Trick. Wir legten ein langes Seil gleich hinter dem Tor aus und verbargen uns im Schatten. Als die Reiter in den Hof galoppierten, zogen wir es stramm. Die Pferde strauchelten, die Reiter stürzten, und bevor sie wussten, wie ihnen geschah, hatten Eure Knechte schon die Mistgabeln gegen sie erhoben. Leider gelang es der Hälfte von ihnen, schneller auf die Beine zu kommen, als wir erwartet hatten. Nun, was dann passierte, habt Ihr gesehen. Ich kann nur noch einmal sagen: Ich bin dankbar, dass Ihr so schnell zur Stelle wart.«

Johanna fand, Ludwig war viel zu bescheiden. Seine eigene Leistung stellte er in den Schatten und dankte stattdessen ihrem Vater. Auch der schien nicht mit den Worten einverstanden zu sein.

»Der Dank gebührt Euch, keine Frage! Ich weiß gar nicht, wie ich Euch Eure Hilfe vergelten soll.«

Erst jetzt schien er seine Tochter wahrzunehmen, die die ganze Zeit schweigend neben Ludwig gestanden hatte. Seine Augen wanderten zwischen ihr und dem jungen Ritter hin und her, dann sah er sie prüfend an. Johanna wurde ganz unbehaglich.

»Hatte ich dir nicht gesagt, dass du auf der Burg bleiben solltest?«

»Doch, Vater, das hattest du.« Johanna straffte die Schultern. »Und ich habe geantwortet, dass ich das nicht tun würde.«

Erhard von Eckstein musterte sie noch einen Augenblick, dann schüttelte er den Kopf und schmunzelte. »Ja, das hattest du wohl. Zu schade, dass wir unser Verlies heute Nacht für unsere ungebetenen Gäste brauchen werden, sonst hätte ich dich mal wieder dort festketten können.«

Ludwig wirkte entsetzt, während Johanna befreit lachte. Ihr Vater war ihr offensichtlich nicht böse. Vermutlich würde er über die Ereignisse im Gestüt sogar vergessen zu fragen, wo sie sich den ganzen Tag herumgetrieben hatte. Umso besser, wenn niemand von ihrem Fluchtversuch erfuhr. Hoffentlich hielt Ludwig den Mund!

Verstohlen musterte sie ihn von der Seite. Er bemerkte es und nickte ihr heimlich zu. Es ging ihm gut. Ihm war nichts geschehen. Johanna merkte, wie die Anspannung nachließ und ihre Knie ganz weich wurden. Als hätte er es gespürt, fasste Ludwig sie unter dem Ellenbogen und stützte sie leicht. Gerade so, dass ihr Vater es nicht sah. Leider bewirkte Ludwigs Hand an ihrem Arm das genaue Gegenteil von dem, was er bezweckt hatte. Johannas Knie gaben noch ein bisschen mehr nach. Nun fiel auch Erhard auf, dass seine Tochter etwas wackelig auf den Beinen war.

»Lasst uns zur Burg zurückreiten. Ich glaube, nicht nur meine Tochter hat eine Stärkung nötig.« Laut rief er seinen Männern zu: »Zur Burg. Unsere ungebetenen Gäste bringen wir in unser schönes Verlies. Morgen schicke ich dem Grafen Nachricht über das, was hier geschehen ist. Soll Engelbert entscheiden, was mit seinem geschätzten Cousin und dessen Handlangern geschieht!«

Die Burgleute grölten beifällig.

»Ich könnte Eure Nachricht überbringen«, bot Ludwig an, während sie zu ihren Pferden zurückgingen.

»Das wäre zu viel verlangt«, wehrte Erhard ab.

»Ganz und gar nicht. Wenn ich morgen früh nach Hause reite, muss ich ohnehin noch Halt an Engelberts Hof machen. Da ist es doch naheliegend, dass ich ihm auch selbst von den Ereignissen auf Eckstein berichte. Sicher möchte er genau wissen, was vorgefallen ist.«

»Hm, nun gut.« Johannas Vater war schnell überzeugt.

Johanna achtete gar nicht auf seine Antwort. Morgen!, dachte sie. Morgen schon will Ludwig mit Parzival aufbrechen. Dann sehe ich ihn nie wieder!

Es ging auf Mitternacht zu, als sie endlich auf der Burg eintrafen. Doch im Hof herrschte ein Treiben, als sei helllichter Tag. Niemand hatte sich schlafen gelegt. Alle erwarteten gespannt die Rückkehr des Burgherrn und seiner Begleiter. Fackeln erhellten die Nacht und warfen ihren flackernden Schein auf die Ankömmlinge und die Burgleute, die sie umringten.

»Wir haben die Angreifer besiegt«, rief Erhard von Eckstein noch vom Pferderücken aus den Wartenden zu. Die besorgten Mienen hellten sich auf, breiter Jubel erscholl. Erst jetzt ließen die Umstehenden die Reiter absitzen und schoben und drängten sie hinüber zum Palas.

Johanna kam sich vor wie eine Zuschauerin, eine Fremde, die nur durch Zufall an diesem Ort war. In ihrem ganzen Leben hatte sie Eckstein noch nie in einem solchen Aufruhr erlebt. Sie betrachtete die fröhlichen Menschen, die vertrauten Gebäude und den Burghof, der sich langsam leerte. Ihr war ganz seltsam zumute.

»Darf ich Euch von Eurem hohen Ross herunterhelfen?«

Johanna zuckte zusammen. Ludwig stand neben Parzival und streckte ihr die Hände entgegen. Sie war zu erschöpft, um über die Zweideutigkeit seiner Worte nachzugrübeln und ließ sich einfach in seine wartenden Arme gleiten. Stark waren diese Arme und so sicher! Am liebsten hätte Johanna sich an Ludwigs Schulter gelehnt, die Augen geschlossen und gar nichts mehr gedacht. Doch kaum stand sie am Boden, ließ der Ritter sie schon wieder los. Dann bot er ihr galant den Arm und führte sie hinter den anderen her in die Halle.

Die Speisen standen noch unberührt auf den Tischen und alle machten sich hungrig darüber her. Von gesittetem Essen konnte keine Rede sein. Kaum jemand machte sich die Mühe, sich auf seinen Platz zu setzen, alle liefen wild durcheinander, um nur ja nichts von den Neuigkeiten zu verpassen, die die Verteidiger von Eckstein wieder und wieder zum Besten geben mussten. Auch Ludwig war sofort von Neugierigen umringt, die Johanna einfach zur Seite drängten. Offenbar hatte in dem ganzen Trubel niemand bemerkt, dass Johanna mit den Männern geritten war. Müde ließ sie sich auf eine der Bänke sinken und starrte auf eine Schüssel mit Eintopf. Der ist sicher kalt geworden, dachte Johanna, aber sie verspürte ohnehin keinen Hunger. Obwohl sie den ganzen Tag nichts gegessen hatte, und am Vorabend ja eigentlich auch nichts. Ihr Magen fühlte sich so wackelig an wie ihre Knie und ihr war, als ob ein ganzer Hummelschwarm darin herumflog.

Sie suchte in der Menge nach Ludwig. Er stand noch immer bei der Tür und beantwortete geduldig alle Fragen, obwohl offensichtlich war, dass ihm die große Aufmerksamkeit unangenehm war. Dann fing er Johannas Blick auf und zwinkerte ihr zu. Die Hummeln beschleunigten ihre Geschwindigkeit.

Schnell sah sie weg – und erhaschte einen Blick auf Herman. An seinem Arm hing Adelhaid, ein Leuchten in den honigfarbenen Augen. Sie liebte Herman sehr, dass war unschwer zu erkennen. In der Nähe stand Wibald von Lichtenau, der alte Ritter war ganz in seinem Element. Mit ausladenden Gesten schilderte er seinen Zuhörern, zu denen auch Johannas Tante Gerdrud gehörte, den Verlauf des Kampfes. Johanna hatte den Eindruck, dass jedes Mal ein weiteres aufregendes Detail dazukam. Ihr Vater war der Einzige in der großen Halle, der sich ebenfalls gesetzt hatte. Mit einem Becher in der Hand lehnte er sich entspannt auf seinem Armstuhl zurück und beobachtete wie sie den Trubel. Auf seinem Gesicht lag ein Ausdruck großer Zufriedenheit. Was mag er denken?, fragte sie sich.

Doch sie kam nicht dazu, zu ihm zu gehen und ihn zu fragen. Ihr Kopf wurde mit einem Mal immer schwerer und sie musste ihn auf ihren Armen auf dem Tisch ablegen. Dann fielen ihr die Augen zu.

17

Das Erste, was Johanna wahrnahm, als sie erwachte, war das Geräusch von prasselndem Regen. Dann zog ein würziger Duft in ihre Nase. Sie schlug die Augen auf. Trübes Licht fiel durch das Fenster ihrer Kammer. Herbstlicht, dachte Johanna. Überrascht stellte sie fest, dass sie auf ihrem eigenen Bett lag und drehte den Kopf zur anderen Seite. Auf der Bettkante saß Adelhaid, in den Händen eine Schale, aus der es dampfte. Die Quelle des angenehmen Geruchs!

»Guten Morgen. Fühlst du dich besser?«

Johanna fühlte sich vor allem verwirrt. Das Letzte, woran sie sich erinnerte, war der Trubel in der Halle. Ludwig. Und dass sie plötzlich so schrecklich müde gewesen war. Wie war sie in ihr Bett gekommen? Und wie lange hatte sie geschlafen? Ruckartig setzte sie sich auf.

»Wie spät ist es?«, fragte sie, die Panik in ihrer Stimme war unüberhörbar.

»In der Halle wird gerade die Frühmahlzeit aufgetragen«, beruhigte Adelhaid sie. »Ich dachte, du solltest vielleicht auch etwas zu dir nehmen.« Auffordernd streckte sie Johanna die Schüssel entgegen. »Eine starke Brühe, die wird dir neue Kräfte verleihen.«

Johanna nahm die warme Schale in beide Hände. Als sie den Geruch erneut in sich aufsog, fing ihr Magen lautstark an zu knurren. Gierig trank sie einige Schlucke. Adelhaid hatte recht, das tat ihr gut.

»Wie bin ich ins Bett gekommen?«, fragte sie, als sie die Schüssel geleert und zur Seite gestellt hatte.

»Dein Vater hat dich hinaufgetragen. Und ich habe dich ausgezogen. Du bist nicht ein einziges Mal aufgewacht. Du musst wirklich erschöpft gewesen sein.«

Johanna nickte. Ja, das war sie. So viel war an einem einzigen Tag passiert. So vieles, dass sie es selbst noch gar nicht begreifen konnte.

»Wo warst du eigentlich gestern?«, fragte Adelhaid vorsichtig. »Ich … habe mir Sorgen gemacht. Vor allem, nachdem ich das hier gefunden hatte.« Adelhaid hielt Johanna einen Bogen Papier hin, der mit einigen wenigen Zeilen beschrieben war. Johanna erkannte ihn sofort. Der Brief! Sie hatte ihn achtlos auf den Boden geworfen, als sie am gestrigen Morgen aus dem Zimmer geschlichen war, und keinen Gedanken daran verschwendet, dass Adelhaid ihn finden könnte. Es war ihr auch egal gewesen. Sie wollte ja ohnehin nicht mehr nach Eckstein zurückkehren.

»Ich fürchtete, du könntest eine Dummheit begangenen haben und mit diesem Mann weggelaufen sein«, erklärte Adelhaid zögernd die Schlüsse, die sie aus dem Schreiben und Johannas plötzlichem Verschwinden gezogen hatte. »Ich wusste ja nicht, dass du einen heimlichen Geliebten hast. Du hast mir gar nichts von ihm erzählt.«

Adelhaid klang ein wenig beleidigt, dass die Freundin sich ihr nicht anvertraut hatte. Oh, wie falsch waren diese Schlüsse! Johanna hätte am liebsten laut gelacht, wäre die Sache nicht so ernst gewesen.

»Dein Vater ist doch nicht mein Geliebter«, gab sie stattdessen empört zur Antwort. Wie konnte Adelhaid bloß so etwas glauben?

»Mein Vater?« Adelhaid schaute Johanna aus großen Augen an. »Was hat das denn mit meinem Vater zu tun?«

»Dein Vater hat um meine Hand angehalten, schon auf Blankenstein«, erklärte Johanna ungeduldig. »Diesen Brief hat er meinem Vater für mich mitgegeben, damit er mein Herz öffnet. Aber ich kann deinen Vater nicht heiraten«, fuhr Johanna heftig fort. »Er ist viel zu alt!« Und zu hässlich, fügte sie in Gedanken hinzu, aber das musste sie Adelhaid ja nicht an den Kopf werfen.

Plötzlich prustete die Freundin los. Erst gluckste sie, dann kicherte sie, dann lachte sie so laut und heftig, dass ihr die Tränen in die Augen stiegen. Johanna wollte sie packen und schütteln. Das war doch nicht lustig! Es ging hier um ihre Zukunft. Um die Ehe mit einem Mann, der alt war und hässlich und zahllose Kinder hatte, für die sie, Johanna, die Mutter spielen sollte. Das war nichts, worüber man lachen konnte!

»Mein Vater!«, gackerte Adelhaid. »Wer hat dich denn auf diesen Gedanken gebracht?«

»Er selbst«, entgegnete Johanna gereizt. »Es ist doch offensichtlich! Immer hat er meine Nähe gesucht, schon auf Blankenstein. Und dann kam er hierher und es war genau das Gleiche. Und als ich dann seinen Brief gelesen habe, da wusste ich einfach, dass es für mich kein Entrinnen gibt. Dass er es immer weiter versuchen würde, bis mein Vater schließlich zustimmt. Oh, Adelhaid, ich will aber nicht!«

»*Seinen* Brief?«, fragte Adelhaid erstaunt. »Wieso glaubst du, dieser Brief sei von meinem Vater?«

»Weil es so ist!« Johanna gelang es nicht, die Verzweiflung, die sie erneut überrollte, vor Adelhaid zu verbergen. »Ich weiß es einfach.«

»Johanna«, Adelhaid schüttelte den Kopf, »mein Vater kann gar nicht schreiben.«

»Kann nicht schreiben«, echote Johanna. Ihr Kopf fühlte sich an, als wollte er zerspringen. »Na, dann hat er den Brief eben einem Schreiber diktiert.« So leicht konnte Adelhaid sie nicht überzeugen.

Doch die Freundin war sich ihrer Sache sicher. »So lebhaft und lustig mein Vater erzählen kann, so ist er doch kein Dichter. Nein, Johanna, diesen Brief hat er nicht verfasst, das weiß ich genau. Und ich glaube auch nicht, dass er um deine Hand angehalten hat.« Sie zögerte kurz, als suche sie nach den richtigen Worten. »Mein Vater schätzt dich, ganz gewiss. Aber er ist ein praktisch denkender Mensch. Einen Wildfang wie dich, entschuldige bitte, könnte er als Ehefrau wohl kaum gebrauchen.«

Johanna lauschte Adelhaids Erklärung, nicht sicher, ob sie beleidigt oder erleichtert sein sollte. Doch es kam noch besser!

»Ich glaube außerdem, mein Vater hat bereits eine andere Wahl getroffen«, fuhr Adelhaid fort. »Hast du nicht bemerkt, wie er deiner Tante Gerdrud den Hof macht?«

»Gerdrud?« Johanna traute ihren Ohren nicht. »Du meinst meine Tante Gerdrud? Was will er denn mit der?«

»Ich habe dir gleich gesagt, dass deine Tante eine nette Frau ist, auch wenn du es nicht hören magst. Und sie hat Erfahrung in der Erziehung störrischer Kinder.«

Johanna wollte erneut protestieren, doch Adelhaid grinste sie so verschmitzt an, dass Johanna ihr die Bemerkung nicht übel nehmen konnte. Überhaupt interessierte sie sich plötzlich gar nicht mehr sonderlich für Wibald und Gerdrud.

Wenn Adelhaids Vater den Brief nicht geschrieben hatte, wer war es dann? Wer mochte der Mann sein, der auf Blankenstein an ihr, Johanna, Gefallen gefunden hatte? So großen Gefallen, dass er um ihre Hand anhielt? Und ihr einen solchen Brief schickte ... Nachdenklich nahm sie Adelhaid das Schreiben aus der Hand und las die Zeilen noch einmal.

Wie der Ring an Eurem Finger glühen wird in Ewigkeit.

Was sollte das bedeuten? Von was für einem Ring war hier die Rede? Und warum glühte er? Oder sollte das ein Symbol für die Liebe sein? Johanna verstand die schönen Worte nicht. Sie dachte an den Ring, den Ludwig an seinem kleinen Finger trug. Und sogleich stürmten die Erinnerungen an den vergangenen Tag auf sie ein.

Als hätte Adelhaid Johannas Gedanken gelesen,

fragte sie: »Wo hast du nun gestern den ganzen Tag gesteckt? Oder willst du es mir nicht erzählen?«

»Doch, sicher, schon«, fing Johanna an und hielt inne. Ludwig. Er wollte heute in der Früh aufbrechen. Mit Parzival. Wie früh war *in der Früh?* War er schon fort? Hoffentlich nicht!

»Ich muss … schnell etwas erledigen«, antwortete sie der völlig verdutzten Adelhaid und sprang aus dem Bett. Ein Pochen im Knöchel erinnerte sie an die Verletzung, es war aber nicht schlimm genug, um sie aufzuhalten. Sie zog sich das erstbeste Kleid über den Kopf, schlüpfte in ihre Stiefel und rannte aus der Tür.

Auf der engen Wendeltreppe sprang sie zwei Stufen auf einmal nehmend hinunter, den Rock ihrer Kotte bis zu den Knien hochgerafft. Die Knöpfchen an den schmalen Ärmeln hatte sie in der Eile natürlich nicht geschlossen, nun schlackerten die offenen Ärmel um ihre nackten Unterarme. Als sie in die Halle stürmte, hatten sich fast alle Burgbewohner bereits zum Frühmahl versammelt. Doch Johanna scherte sich nicht darum, was sie denken mochten. Hektisch suchte sie nach einem blonden Lockenkopf, aber Ludwig war nirgends zu entdecken. Schon eilte sie aus der Halle, durchquerte die Vorhalle und schob die schwere Tür des Palas auf.

Der Regen war noch stärker geworden und schlug ihr wie eine Wand entgegen, als sie die Treppe hinunter auf den Burghof stürmte. Die nassen Holzstufen waren rutschig, fast wäre sie lang hingeschlagen, erst im letzten Moment konnte sie sich abfangen. Es dauerte nur wenige Augenblicke, bis das Kleid nass an ihr herunterhing und ihr die Locken am Kopf klebten. Der Sturzregen hatte den Burghof in eine morastige Fläche verwandelt und Johannas Stiefel waren ebenso voller Schlamm wie der Saum ihres Kleides, als sie endlich den Stall erreichte. Die Stalltür war nur angelehnt, eilig schlüpfte sie hinein.

Dann schüttelte sie ihre Locken wie ein nasser Hund und rieb sich mit den Händen den Regen aus den Augen. Trotzdem konnte sie in dem Halbdunkel, das hier im Stall herrschte, kaum etwas erkennen. Leise pfiff sie durch die Zähne – und Parzival antwortete ihr mit dem bekannten Wiehern. Erleichterung überflutete sie. Ludwig war noch nicht mit dem Hengst fortgeritten. Bei diesem Wetter war das ja auch eher unwahrscheinlich gewesen. Trotzdem hatte sie fest damit gerechnet, den Hengst nicht mehr im Stall zu finden. Johanna folgte seiner Stimme. Ihre Augen hatten sich an das trübe Licht gewöhnt. Als sie Parzivals Box erreichte, sah sie sofort, dass er nicht alleine war.

Ludwig stand mit dem Rücken an die hölzerne Boxenabtrennung gelehnt, die Arme vor der Brust gekreuzt, die Augen geschlossen. Seine Kleidung, die Lederstiefel und der feste Reisemantel waren trocken. Er musste also schon vor einer ganzen Weile in den Stall gekommen sein, noch bevor es angefangen hatte zu regnen. Johanna war sich nicht sicher, ob Ludwig ihren Pfiff gehört hatte, doch Parzivals Wiehern konnte ihm nicht entgangen sein. Oder war er in dieser unbequemen Haltung eingeschlafen?

In diesem Moment öffnete er die Augen und sein intensiver Blick traf sie völlig unvorbereitet. Schnell schaute sie auf den Boden. Gut, dass es so düster ist, da sieht er mein rotes Gesicht nicht!

»Was tut Ihr hier?«, fragte sie, nachdem sie eine Weile vergeblich darauf gewartet hatte, dass er das Wort ergriff.

»Ich warte«, erwiderte er.

»Auf das Ende des Regens, damit Ihr losreiten könnt?«

»Auch.«

Johanna wusste nicht weiter. Sie war in den Stall gerannt, um … Ja, warum eigentlich? Um sich von Parzival zu verabschieden. Aber auch, um Ludwig noch einmal zu sehen, erkannte sie mit einem Mal. Die Vorstellung, dass er davonreiten würde, ohne dass sie sich von ihm verabschiedet hätte, war unerträglich gewesen. Und jetzt? Jetzt stand sie vor ihm, wusste nichts zu sagen und tropfte ins Stroh am Boden. Sie begann, in ihren nassen Kleidern zu frieren und kam sich unsagbar dumm vor. Da trat Ludwig zu ihr, löste die drei Knöpfe, die seinen Mantel an der rechten Schulter zusammenhielten, und legte ihn Johanna um.

»Aber er wird ganz nass.«

»Und trocknet auch wieder, das haben wir doch bereits festgestellt.« In seinem Mundwinkel zuckte das amüsierte Lächeln, das Johanna inzwischen so vertraut war. Doch noch immer konnte sie es nicht recht einordnen. Lachte Ludwig über sie? Es hätte sie nicht verwundert, so wie sie aussah.

»Oh, was gebe ich für ein erbärmliches Bild ab! Nass wie ein Hund, der in die Tränke gefallen ist, voller Schlamm und noch dazu ganz unpassend gekleidet …«

»Johanna«, unterbrach Ludwig sie sanft.

Doch Johanna hörte nicht. »Ich kann schon verstehen, dass Ihr keine hohe Meinung von mir habt. Es ist mir nie gelungen, mich wie eine Dame zu benehmen. Ich habe mich durchaus bemüht. Manchmal. Aber es hat nie ausgereicht. Ich wünschte, es würde mir so leichtfallen wie Adelhaid, mich immer passend zu kleiden, immer die rechten Worte zu finden, oder wenigstens still und sittsam zu sein. Aber ich glaube, ich kann das einfach nicht!« Erschrocken hielt sie den Mund. Was redete sie denn da? Warum schüttete sie Ludwig ihr Herz aus? Der Ritter hatte sicher anderes im Sinn, als sich die Klagen eines jungen Mädchens über ihre eigene Unzulänglichkeit anzuhören.

Doch Ludwigs Lächeln wurde nur etwas breiter, bis es auch seinen anderen Mundwinkel erreichte. Langsam machte er einen weiteren Schritt auf sie zu, hob seine Hand und schob ihr eine nasse Strähne aus der Stirn.

Plötzlich wurden Johannas Knie wieder ganz weich.

»Du bist genau richtig, so wie du bist«, sagte Ludwig leise. »Deshalb habe ich auf *dich* gewartet.«

»Ihr … du hast auf mich gewartet?« Johanna verstand nicht, was er meinte. Hatte er hier im Stall gestanden und darauf gewartet, dass sie kam? Aber woher hätte er das wissen sollen? »Seit wann hast du auf mich gewartet?«, fragte sie, um sicherzugehen, dass sie ihn nicht falsch verstanden hatte.

»Schon immer.« Er öffnete den Lederbeutel, den er am Gürtel trug, und zog einen kleinen Gegenstand heraus. Ein Päckchen, eingeschlagen in grüne Seide. Gänsehaut breitete sich auf ihren Armen aus. Dieses Päckchen hatte sie schon einmal gesehen: in der Kammer ihres Vaters, an dem Abend, als sie aus Blankenstein zurückgekehrt waren. Es sei ein Geschenk ihres zukünftigen Bräutigams, hatte der Vater ihr damals erklärt. Und Johanna hatte es zurückgewiesen. Aber warum trug Ludwig es jetzt bei sich? Wie kam er an dieses Geschenk? Stumm starrte Johanna auf seine Hand.

»Nimm es«, bat er eindringlich. »Weise es nicht noch einmal zurück.«

Sie nahm das Päckchen aus seiner kräftigen Hand. Fast wäre es auf den Boden gefallen, als sie die weiche Seide abwickelte, so sehr zitterten ihre Finger. Und dann hielt sie einen Ring in ihrer kalten Hand. Ludwigs Ring! Den sie in den letzten Tagen immer wieder an seinem Finger gesehen und bewundert hatte, dessen Geschichte sie nun kannte und dessen dunkelroter Stein sogar im trüben Licht des Stalls zu leuchten schien.

Wie der Ring an Eurem Finger glühen wird in Ewigkeit.

Plötzlich verstand Johanna. Diesen Ring, Ludwigs Ring, hatte ihr Vater aus Blankenstein mitgebracht. Ludwig hatte den wundervollen Brief an sie geschrieben. Ludwig war der geheimnisvolle Verehrer, der um ihre Hand angehalten hatte. Und sie hatte ihn abgewiesen. Wie dumm, wie überaus dumm war sie gewesen! Obwohl: Damals hatte sie ja noch nicht wissen können, was sie einmal für ihn empfinden würde. Damals war er nur der Mann gewesen, der ihr Parzival wegnehmen wollte.

Aber jetzt … jetzt war er …

Johanna kam nicht dazu, den Gedanken zu Ende zu denken. Denn Ludwig war noch einen Schritt näher getreten und stand nun direkt vor ihr. Ganz behutsam nahm er ihr glühendes Gesicht in seine Hände und hob ihren Kopf, bis sie ihn ansehen musste. Seine braunen Augen mit den grünen Sprenkeln schienen direkt in sie hineinzusehen und bis zu ihrem Herzen zu blicken. Es dröhnte so laut wie Pferdehufe im rasenden Galopp. Und dann spürte sie seine Lippen weich und warm auf ihrem Mund.

Parzival schnaubte. Mit einem leisen Lachen ließ Ludwig sie los und drehte sich zu dem Pferd um. »Ich nehme sie dir nicht weg, keine Sorge.« Dann wandte er sich wieder an Johanna, sein Gesicht war plötzlich ganz ernst und hoffnungsvoll. »Willst du meine Frau werden?«

Johanna schluckte trocken. Dann schüttelte sie den Kopf, um das Rauschen zu vertreiben. »Ja, aber …«

Ludwig seufzte ergeben. »Warum war mir nur von vornherein klar, dass es wieder ein Aber geben würde?«

»Aber warum gerade ich? Ich bin keine Dame. Ich kann noch nicht einmal ordentlich sticken!«

»Johanna.« Ludwig ergriff ihre Hand, mit der sie noch immer den Ring umklammert hielt. Er drehte sie um und bog vorsichtig die Finger auseinander. Dann nahm er den Ring und steckte ihn ihr an. Er passte, als wäre er für ihren Finger gemacht.

»Siehst du«, sagte er. »Wir gehören zusammen. Ich wusste es von dem Moment an, als ich dich in der Koppel bei Parzival gesehen habe. Und ich glaube, ehrlich gesagt, auch nicht, dass ich Parzival überzeugen könnte, mit mir zu kommen, wenn ich dich zurücklassen würde!«

Parzival schnaubte erneut und nickte mit dem Kopf, als wollte er Ludwig recht geben.

Johanna lachte befreit. »Nein, Parzival ist schon ein richtiger Dickkopf!«

In diesem Moment machte der Hengst einen Schritt nach vorn und stupste Johanna so kräftig in den Rücken, dass sie das Gleichgewicht verlor. Sie stolperte und fiel – direkt in Ludwigs Arme.

Sie drehte den Kopf zu Parzival und schimpfte: »Danke, aber das kann ich auch alleine!« Ganz undamenhaft schlang sie ihre Arme um Ludwigs Hals und küsste ihn. Zärtlich erwiderte er ihren Kuss.

Und dieses Mal ließen sie sich von Parzivals zufriedenem Schnauben nicht ablenken.

Nachwort

Tapfere Ritter, edle Burgfräulein, farbenfrohe Märkte, prunkvolle Festmähler und spannende Turniere – so stellt sich uns das Mittelalter in seiner romantischen Form dar. Andererseits haben die Schattenseiten dieser rund tausendjährigen Epoche, die grob von 500 bis 1500 nach Christus dauerte, zu der Bezeichnung finsteres Mittelalter geführt: die Armut vieler Menschen, die Hungersnöte, Seuchen und Kriege. Was stimmt denn nun?, könnte man fragen und die Antwort lautet: beides! Das Mittelalter ist geprägt von Gegensätzen und gerade deshalb für uns so spannend. Bei allen Unterschieden verband der Glaube Arm und Reich. Die Menschen waren sicher, Gott habe jeden von ihnen, ob Bauer oder Edelmann, an seinen Platz gestellt. Das irdische Leben galt als Bewährungsprobe für das Paradies. Wer jedoch nicht gottesfürchtig und gesetzestreu lebte, den erwartete nach seinem Tod die Hölle.

Im Jahr 1355, in dem Johannas Geschichte spielt, hatte Europa gerade die erste große Pestepidemie überstanden. Etwa ein Drittel der Bevölkerung war daran gestorben. Die Seuche hatte zunächst eine Wirtschaftskrise zur Folge, bot aber auch vielen Überlebenden Aufstiegschancen, denn es gab plötzlich viel mehr Arbeit als Arbeitskräfte. Die Menschen, die täglich den grässlichen Pesttod vor Augen gehabt hatten, begannen, sich bewusster am Leben zu freuen. Gut lässt sich das am Beispiel der Mode zeigen: Die Kleidung im Spätmittelalter wurde immer bunter und extravaganter – die Spitzen der Schnabelschuhe sollen zum Teil so lang gewesen sein, dass man sie an die Knie binden musste, um nicht darüber zu fallen.

In dieser Zeit gehörten die Grafen von der Mark zu den mächtigsten westfälischen Regenten. Ihr Name geht zurück auf ihre Residenz Burg Mark bei Hamm. Die Grafschaft erstreckte sich links und rechts der Ruhr und umfasste ein Gebiet, das heute zum Teil zum Ruhrgebiet und zum Teil zum Sauerland gehört. Engelbert III. hat es tatsächlich gegeben ebenso wie seine Frau Richarda. Allerdings ist über beide so wenig überliefert, dass ich bei der Beschreibung der Personen vieles der Fantasie überlassen konnte. Auch die Grafen von Kleve hat es gegeben, der Bösewicht Otto von Kleve ist jedoch – wie alle anderen Personen – frei erfunden. Belegt ist, dass Graf Engelbert im September 1355 dem

Ort Blankenstein die sogenannten Freiheitsrechte verliehen hat, womit es zu einem Städtchen mit eingeschränkten Stadtrechten aufstieg. Heute gehört der romantische Ort mit den hübschen Fachwerkhäusern zu Hattingen. Von der mittelalterlichen Burg Blankenstein sind nur Ruinen übrig geblieben. Einzig der Torturm, durch den Johanna und ihre Familie in den Burghof reiten, steht noch und beherbergt zusammen mit einem Anbau ein Restaurant. Vom Dach dieses Turmes hat man einen wunderschönen Blick über das Ruhrtal.

Finster war das Mittelalter aus heutiger Sicht vor allem für die Frauen. Sie waren von öffentlichen Ämtern ausgeschlossen, durften keine Verträge abschließen und nur mit Genehmigung ihres Gatten vor Gericht klagen. In der Regel entschieden die Eltern oder der Lehnsherr, wann eine Frau zu heiraten hatte und wen. Die Frau gehorchte dem Mann und genoss dafür seinen Schutz. Anders als wir das heute tun würden, nahmen die Menschen im Mittelalter diese Rollenverteilung allerdings als gottgegeben hin. Frauen, die sich in der von Männern bestimmten Welt durchsetzten, hat es aber auch gegeben, man denke nur an Hildegard von Bingen oder die berühmt-berüchtigte Jeanne d´Arc, die Jungfrau von Orléans.

Eine Liebesgeschichte, wie die von Johanna und

Ludwig, ist unter diesen Voraussetzungen unwahrscheinlich, aber nicht undenkbar. Liebesheiraten gab es immer wieder – und die Liebe war das Lieblingsthema der mittelalterlichen Literatur. Eines der berühmtesten und, wie ich finde, schönsten Liebesgedichte stammt aus dem Mittelalter – und wurde übrigens von einer unbekannten Dichter*IN* verfasst. Es lautet:

Du bist mein, ich bin dein:
des sollst du gewiss sein.
Du bist verschlossen
in meinem Herzen,
verloren ist das Schlüsselein:
du musst nun immer darinnen sein.

Danksagung

Die Welt des Mittelalters war für mich faszinierend und fremd, als ich mit der Arbeit an diesem Buch begonnen habe. Einer Reihe von Sachkundigen ist es zu verdanken, dass diese Zeit für mich lebendig geworden ist. Deshalb bedanke ich mich bei Dr. Stefan Leenen für einen ersten Einblick, bei Claudia Beckers-Dohlen für Antworten auf einige verzwickte Fragen, bei Chnutz vom Hopfen (Knut Hoppe) für Tanzstunden am Telefon und Menüvorschläge wie blauer Soße sowie bei Jens Börner und Gabriele Klostermann dafür, dass sie meine Figuren angekleidet haben. Tierischen Beistand habe ich von Dr. Ruth Hirschberg, Ruth Lindecke und Svenja Floss erhalten. Für seelischen und fachlichen Beistand danke ich meiner Freundin Nicole Giese sowie allen Kollegen und Kolleginnen aus der Schreibwelt. Danke auch an meine Lektorin Heike Brillmann-Ede und meine Agentin Michaela Hanauer. Besonderer Dank gilt meiner ärgsten Kritikerin und größten Helferin, meiner Mutter Iris Schürmann-Mock. Und natürlich meinem Mann

Daniel, der mich von der ersten Idee bis zur letzten Seite unterstützt und an mich geglaubt hat und der sowieso schon immer wusste, dass ich mal einen historischen Roman schreiben werde!

Katrin Lankers

Lankers, Katrin:
Der Zauber eines Augenblicks
ISBN 978 3 522 50143 9

Umschlaggestaltung: Xenia Schmidt
Umschlagtypografie: init. büro für gestaltung, Bielefeld
Innentypografie: Kadja Gericke
Schrift: Meridien
Satz: KCS GmbH, Buchholz/Hamburg
Reproduktion: Medienfabrik, Stuttgart
Druck und Bindung: Friedrich Pustet, Regensburg

5 4 3 2 1°   11 12 13 14

www.planet-girl-verlag.de
www.katrinlankers.com

Martina Sahler

Liebe in allen Zeiten

Wie ein Kuss von Rosenblüten

240 Seiten · ISBN 978 3 522 50195 8

Köln, 1794. Die Franzosen haben die verschlafene, heruntergekommene Stadt erobert. Jetzt soll alles anders werden – auch für Billa? Sie wünscht sich so sehr eine Möglichkeit, aus dem vorbestimmten Leben als Tochter einer Schneiderin auszubrechen. Amsterdam, Paris – das wäre es!

Als ihr bester Freund Toni beschließt, vor seinem tyrannischen Vater zu fliehen und die Stadt zu verlassen, wird Billa vor eine schwere Entscheidung gestellt. Denn Toni ist längst mehr für sie geworden ist als nur ein Freund ...

www.planet-girl-verlag.de